ArDieN
SaGa

아르디엔
전기

FANTASY FRONTIER SPIRIT
인기영 판타지 장편 소설

아르디엔 전기 5

인기영 퓨전 판타지 소설

초판 1쇄 찍은 날 § 2013년 1월 21일
초판 1쇄 펴낸 날 § 2013년 1월 28일

지은이 § 인기영
펴낸이 § 서경석

편집부장 § 권태완
편집책임 § 어정원

펴낸곳 § 도서출판 청어람
등록번호 § 제1081-1-89호
등록일자 § 1999. 5. 31
어람번호 § 제1-1758호

주소 § 경기도 부천시 원미구 심곡2동 163-2 서경B/D 3F (우) 420-822
전화 § 032-656-4452팩스 § 032-656-4453
http://www.chungeoram.com
E-mail § chungeorambook@daum.net

ISBN 978-89-251-3683-7 04810
ISBN 978-89-251-3539-7 (세트)

ARDIEN SAGA

아르디엔
전기

FANTASY FRONTIER SPIRIT

인기영 판타지 장편 소설

청어람
도서출판

CONTENTS

Chapter 01
상인 베나엘

아르덴 전기

아르디엔은 하멜의 일족이다.

하멜의 일족이 무엇인지, 그 일족에겐 어떠한 비밀이 감추어져 있는지 아르디엔은 알지 못한다.

아르디엔은 하멜의 일족인 어머니와 귀족 인간 사이에서 태어났다.

그 귀족은 황금의 백작, 세레넬 드 하이미언이었다.

아르디엔이 태어날 당시, 그의 어머니는 산고로 죽었고 아버지는 어미 잡아먹은 자식을 밖으로 내쫓았다.

그렇다 보니 하멜의 일족이 대체 무엇인지 알려줄 사람이 아무도 없었다.

아르디엔은 무적기사단을 양성하는 고아원 라우덴에 의탁되어 자라났을 뿐이다.

그러다 가르테아 제국이 그라함 왕국을 습격했고, 무적기사단은 제국을 도와 왕국의 주요 도시들을 파괴했다.

최후에는 무적기사단들조차도 제국에게 토사구팽 당하고 말았다.

그것이 전생의 삶이었다.

하지만 이번 삶은 달랐다.

아르디엔은 라우덴에서 도망쳤고, 평민의 신분에서 백작이 되었다.

그의 휘하에 두고 있는 사람들도 많으며 그가 손을 대는 사업마다 모조리 대박이 터졌다.

그야말로 승승장구였다.

아르디엔은 조만간 라우덴을 찾아갈 생각이었다.

상단 일이 정리되면, 라우덴의 동료들에게 자신의 비밀을 알려주고 그들의 마음을 돌려 무적기사단을 해산시키는 것이 그의 목표다.

하지만 그게 되지 않는다면, 그들을 죽여야 할지도 모른다.

어쩔 수 없는 일이다.

지금 그에겐 동료들도 중요하지만, 조국도 중요하다.

그라함 왕국에 쓰레기들만이 가득했다면 아르디엔 혼자서만 호의호식하며 잘사는 것으로 끝냈을 것이다.

그러나 여태껏 만나온 사람들 중에는 진정 그라함 왕국을 생각하며 살아가는 충신들이 많았다.

그리고 그들은 아르디엔에게 좋은 영향을 끼쳤다.

그 사람들을 잃지 않기 위해서라도 조국을 지켜야 했다.

최후에는 가르테아 제국을 무너뜨린다, 라는 것이 아르디엔의 마지막 숙제다.

물론 그 과정 안에 하이미언 백작과의 재회도 계획해 놓았었다.

하지만 이런 식으로 오늘 만나려 했던 것은 아니다.

아르디엔은 하이미언 백작이 자신의 아들을 찾는다는 공고를 내는 것을 알고 있다.

그게 몇 년 안 남았다.

전생에서는 용의 반점을 지워 버려, 아르디엔이 하이미언 백작의 아들이라는 것을 증명할 수 없었기에 찾아가지 못했다.

그러나 지금은 용의 반점이 선명하게 박혀 있다.

그것은 아르디엔이 하멜의 핏줄이라는 증거다.

아르디엔은 그때 하이미언 백작을 찾아가려 했다.

스스로가 그의 친자임을 밝힌 뒤, 하이미언 백작가의 정식

후계자가 되어 모든 것을 인계받는 한편, 하멜의 일족이라는 것이 무엇인지도 알아내려 했다.

그런데 타이밍이 생각지도 못하게 어긋나고 말았다.

"왜 그렇게 날 빤히 바라보는가?"

하이미언 백작이 물었다.

그는 지금 아르디엔의 집무실에 들어와 있었다.

아르디엔이 당황한 티를 내지 않고 최대한 침착하게 말했다.

"워낙 신수가 훤하셔서 잠시 넋을 놓았습니다. 무례를 용서하십시오."

"허허허. 무례는 무슨. 예의 차리는 건 됐으니 일단 앉게 좀 해주면 안 되겠나?"

"앉으시죠."

아르디엔이 하이미언 백작에게 소파의 상석을 내주었다.

그러자 밖에서 대기하고 있던 하인이 들어와 차와 다과를 내놓았다.

집사 하틀란이 하이미언 백작의 방문에 재빨리 준비토록 시킨 것이다.

"고맙네."

시종이 물러가고 나자, 하이미언 백작은 차를 한 모금 음미했다.

"좋군. 한데 궁금하지 않나?"

"궁금합니다. 어쩐 일로 절 찾아오신 것인지."

"지금 내가 자네의 입장에서 보자면 갑자기 방문하는 바람에 당황스러운 와중에도 대접을 안 할 수가 없는 부담스러운 손님이겠지? 하지만, 난 전부터 자네의 소문을 귀담아 듣고 있었다네."

생각해 보니 그럴 만도 했다.

하이미언 백작은 돈이 되는 일이라면 귀신같이 알아채고 발을 들인다.

아르디엔은 여태껏 단 한 번도 실패하는 일 없이 여러 가지 사업을 확장해 나갔다.

하이미언 백작이 충분히 관심을 둘 만했다.

"영광입니다."

아르디엔이 간단하게 대답했다.

"이 정도만 얘기해도 내가 찾아온 이유를 알겠지?"

"저와 손을 잡고 싶으신 겁니까?"

"그렇다네. 한데 단순히 사업을 같이하고 싶어서 찾아온 것만은 아니네."

"또 다른 이유를 말씀해 주십시오."

하이미언 백작이 살짝 미소를 머금었다.

"상단의 이름이 인상적이더군. 하멜 상단이라고?"

"그렇습니다."

"하멜이라는 이름을… 어디서 들어본 적이 있는가?"

하이미언 백작이 찾아온 이유는 명징해졌다.

그가 관심 있는 건, 사업보다는 하멜이라는 상단의 이름 때문이었다.

그 이름을 어찌 지었는지, 그것이 하이미언 백작은 궁금했다.

하멜의 일족에 관한 건 아는 사람이 별로 없기 때문이다.

물론 우연의 일치일 수도 있으나 확인해 볼 필요는 있었다.

"아, 내가 하멜이라는 이름에 조금 사연이 있는 사람이라서 물어보는 것뿐일세."

아르디엔은 크게 고민하지 않고 답했다.

"그저 어감이 좋은 이름을 뜻 없이 지었을 뿐입니다."

여기서 그가 하멜의 일족에 대한 이야기를 먼저 할 필요는 없었다.

아니, 정확히 말하자면 그래서는 안 됐다.

전생에서 아르디엔이 자신의 친부가 하이미언 백작이라는 걸 알게 되는 순간은, 그가 자신의 아들을 찾는다고 공고를 낸 이후다.

그전까지는 둘 사이에 연결될 수 있는 고리가 아무것도 없었다.

때문에 지금 아르디엔이 하이미언 백작을 아버지라 불러 버리면 심각한 오류가 생긴다.

만약 아르디엔이 아버지를 그리워하는 입장이었다면 그런 오류 따위 괘념치 않고 눈물로 반겼을지 모른다.

그러나 아르디엔은 아버지에 대한 정이 전혀 없었다.

태어난 지 얼마 되지도 않아 가문에서 쫓겨났으니 당연한 일이었다.

태연하게 거짓말하는 아르디엔을 하이미언 백작이 지그시 바라봤다.

그러다 너털웃음을 터뜨렸다.

"허허허, 이거 늙은이가 너무 예민하게 굴었나 보군."

"아닙니다. 그렇게 생각하지 않습니다."

"아무튼 소문대로 미남이군. 체격도 좋고. 게다가 사업 수완 역시 제법이야. 근 2년 만에 평민에서 백작이 되었다지? 뭐 하나 빠지는 게 없는 사람이로구만."

"과찬이십니다."

"과찬은 무슨. 그럼… 하멜 상단에 대해서 조금 더 얘기해 볼까?"

하이미언 백작이 품 안에서 종이 뭉치를 꺼내 내밀었다.

"읽어보게."

아르디엔이 그것을 빠르게 훑었다.

계약서였다.

"자네가 계약 맺을 상인들을 알아보고 다닌다는 걸 들었네."

"그렇습니다."

"하멜 상단에서 공급하는 작물들이 그렇게 품질이 좋다지? 크기는 일반 작물의 두 배 이상이고. 어떻게 그런 작물들을 만들었나?"

요정의 이야기는 꺼낼 수가 없었다.

그래서 아르디엔은 다른 대답을 내놓았다.

"마법의 힘을 빌렸다고 하면 답이 되실는지요?"

"마법? 마법이라……."

하이미언 백작이 턱을 쓰다듬으며 고개를 주억거렸다.

"그렇군. 마법이라는 영역의 한계는 끝이 없지. 지금도 빛의 탑에서는 수많은 마법사들이 계속해서 마법을 연구하고 개발시키는 중이니 말이야. 하면 그 마법은 누가 고안해 낸 것인가? 설마 자네인가?"

"저는 마법사가 아닙니다."

"그렇다면……."

"라미안이라는 마법사가 제 저택에 머물고 있습니다."

아르디엔이 라미안의 이름을 말했다.

어차피 대충 둘러내고 나서 라미안에게 귀띔을 해두면 되는 일이었다.

"라미안? 참으로 대단한 마법사로군."

"그렇습니다."

"아무튼 계약서에 적힌 내용은 전부 확인했는가?"

"네."

"어떤가? 나쁜 조건은 아니라고 생각하네만."

확실히 매력적인 조건이었다.

지금껏 아르디엔의 앞으로 날아왔던 그 어떤 계약 조건보다도 훨씬 좋았다.

하지만 아르디엔은 그 계약서를 다시 하이미언 백작에게 돌려주었다.

하이미언 백작이 고개를 갸웃거렸다.

"왜? 마음에 들지 않는가?"

"아닙니다. 조건은 충분히 좋습니다. 하지만 이미 제가 계약하기로 얘기해 놓은 상인이 있습니다."

아르디엔이 계약을 하려는 이는 전생에 상그레이 산맥의 금광산을 만들어 대상인이 되는 베나엘이었다.

아르디엔은 딱 오늘까지만 베나엘을 기다려 보고 오지 않는다면 다른 상인과 계약을 맺을 셈이었다.

그러나 그 이야기는 굳이 하지 않았다.

베나엘이 아니더라도 하이미언 백작과 계약할 생각은 없

었기 때문이다.

물론 그와 손을 잡게 되면 큰 도움이 될 것이다.

하나, 아르디엔은 하이미언과 백작과 자주 마주치길 원치 않았다.

그가 자신의 아버지라는 것을 계속 모른 척해야 하는 것이 불편하기 때문이다.

그런 불편함을 감내해 가면서 하이미언 백작을 동반자로 삼을 필요는 없었다.

무엇보다 하이미언 백작이 도와주지 않더라도 아르디엔은 계속 성공가도를 달릴 자신이 있었다.

아르디엔이 단호하게 거절하자 하이미언 백작은 재미있다는 듯 웃었다.

"허허허, 내 제의를 거절한 사람은 자네가 처음일세."

"죄송합니다."

"아니, 더 큰 이익에 눈이 멀어 신의를 저버리지 않으려는 모습이 마음에 드는군. 그리고… 자네를 이렇게 직접 보니 어쩐지 모르게 호감이 가. 아아, 오해는 말게. 난 남색가가 아니니. 순수하게 사람으로서의 호감을 말하는 것이네."

살다 보면 숱하게 스치고 지나가는 인연 중에 이유 없이 유독 끌리는 사람이 있게 마련이다.

하이미언 백작에게는 아르디엔이 그랬다.

"오해하지 않습니다. 걱정하지 마십시오."

"그래. 바빠 보이는군. 더 시간을 뺐으면 실례겠지. 이만 일어나 보겠네."

하이미언 백작이 자리에서 일어났다.

아르디엔도 따라 일어나 하이미언 백작을 저택 밖까지 배웅했다.

"조심해서 들어가십시오."

"다음에 혹 기회가 있다면 그땐 나하고 일을 했으면 하네."

"저도 그러길 바라겠습니다."

하이미언 백작은 정원에 대기시켜 둔 마차에 올라탔다.

"출발하지."

마차가 천천히 정원을 벗어났다.

아르디엔이 멀어지는 마차를 바라보고 있자니 연무장에 있던 케이아스가 다가와 물었다.

"누구야?"

"하이미언 백작."

"그 돈 많다는 귀족?"

"응."

"흐아아암~ 그렇구나."

케이아스는 늘어져라 하품하며 기지개를 켰다.

"또 연무장에서 잠든 거야?"

"응. 요즘 새로 연마하는 비기가 있어서."

"비기?"

"슬래쉬보다 더 엄청난 비기를 개발하는 중이거든."

슬래쉬는 케이아스의 독창적인 비기로, 쌍검에서 쏘아 보낸 오러가 세 갈래로 갈라지며 상대를 조각내는 기술이다.

그런데 케이아스는 그보다 위력적인 비기를 만드는 중이었다.

그만큼 케이아스의 실력이 일취월장했다는 얘기다.

"무슨 비긴데?"

"엄청나게 엄청난 비기."

그렇게 말해서는 아무도 못 알아먹는다.

하지만 케이아스는 자신의 설명이 썩 멋졌다고 생각하는지 자신만만한 표정이었다.

"그래, 기대할게. 그나저나 요즘 여기저기서 널 데려가려고 몸살인 것 같던데."

"그러게. 귀족 양반들이 하루가 멀다 하고 선물을 보내오네. 나야 좋지."

"다른 귀족 밑에서 일하고 싶은 마음은 없어?"

"없어. 여기가 좋아. 적당히 사병들이나 가리키면서 놀고먹는 데도 돈 나오잖아."

말을 하고서는 케이아스가 빙그레 웃었다.

그는 적당히 사병들을 가르치면서 놀고먹는다고 하지만, 실상은 달랐다.

완벽하게 케이아스의 기준에서만 놀고먹는 것이었지, 그의 훈련 강도는 상상을 초월할 정도로 힘들었다.

열심히 따라와 주는 사병들이 대단할 지경이었다.

물론 그만큼 사병들은 빠르게 발전하고 있었다.

기사들도 마찬가지였다.

아르디엔의 저택으로 들어와 케이아스를 만나기 전까지 그들은 삼류에도 못 미치는 떠돌이 기사들이었다.

실력이 형편없어 어떠한 귀족도 거들떠보지 않았기 때문이다.

그런데 지금은 어지간한 기사들과 붙어서는 결코 지지 않을 만큼 강인해졌다.

모두 케이아스의 덕이었다.

"아! 큰일날 뻔했네!"

케이아스는 무언가 중요한 일이 생각난 듯, 주먹으로 손바닥을 탁 쳤다.

그러더니,

꼬르르르르륵!

뱃속에서 울리는 천둥소리를 들으며 부리나케 저택으로 들어섰다.

"저녁 안 먹었다!"

하루 세끼는 귀신같이 찾아먹는 케이아스였다.

*   *   *

해가 지물이 땅거미가 드리워졌다.

아르디엔이 집무실에서 모든 서류들을 검토하고서 일을 마무리 지으려 하는데, 하틀란이 찾아와 문을 두드렸다.

똑똑.

"백작님, 하틀란입니다."

"무슨 일인가?"

"상인 베나엘이 찾아왔습니다."

무려 한 달을 기다린 상인 베나엘이 드디어 저택을 찾았다.

"안으로 들이게."

아르디엔의 명이 떨어졌다.

집무실의 문이 열리고 하틀란의 안내를 받아 중년 사내가 안으로 들어섰다.

그는 땅딸한 키에 배가 불뚝 나온 데다가 덥수룩하게 수염을 길러 상대방에 썩 좋은 인상을 주지는 못했다.

옷차림새도 깔끔하지 않았고, 더벅머리 위에는 챙 달린 모자를 대충 얹어 놓았다.

베나엘이 아르디엔을 보고서 얼른 고개 숙였다.

"처음 뵙겠습니다요, 아렌 백작 나으리."

그러자 머리 위에 얹어 놓았던 모자가 바닥에 떨어졌다.

베나엘이 황급히 그것을 주워 다시 머리에 얹고서 헤헤 웃었다.

"실례했습니다요."

"그 모자는 왜 얹어 놓은 거지? 영 불편해 보이는데."

"그것이……."

베나엘이 모자의 양끝을 손으로 잡고 힘껏 당겼다.

그러자 모자가 겨우겨우 베나엘의 머리에 씌워졌지만 이내 다시 쑥 하고 올라왔다.

"보시다시피 머리가 커서 모자가 다 들어가지 않습니다요."

아르디엔이 자세히 보니 정말 머리가 크긴 컸다. 그렇다 보니 얼굴도 덩달아 거대했다. 보통 사람보다 두 배나 넙데데했다.

그런데 그 큰 얼굴에 달린 이목구비는 중앙으로 몰려 있어서 공간이 많이 남았다.

참으로 우스꽝스러운 외모였다.

한데 그 못난 얼굴로 시종일관 미소를 짓고 있었다.

그래서인지 못생기긴 했지만 미워 보이지는 않았다.

오히려 사람 좋은 느낌이 더 강했다.

"일단 이리 와서 앉지."

"아닙니다요. 저는 이렇게 서 있는 게 편합니다요, 헤헤헤."

"그렇게 서 있으면 내가 불편해서 그런 와서 앉아."

"당장 앉겠습니다요."

베나엘이 후다닥 달려와 의자에 앉았다.

아르디엔의 말 한마디가 절대적인 것마냥 행동하면서도 여전히 웃음은 잃지 않았다.

"베나엘."

"네, 백작 나으리."

"왜 이렇게 늦었나?"

"아, 그것이 말입니다요!"

베나엘이 과장되게 고개를 저으며 한숨을 푹 쉬었다.

"글쎄, 말도 마십시오. 예정대로였다면 일주일 전에 도착했어야 하는 걸, 아 글쎄, 할레나 영지로 딱 들어서는 순간 강도들이랑 맞닥뜨렸지 뭡니까요?"

"강도?"

"그렇습니다요. 남자 둘에 여자 하나로 뭉친 놈들이 다짜고짜 칼을 들이대면서 가진 걸 다 내놓으라고 하지 않겠습니까요? 하지만 달랑 노잣돈만 가지고 온 입장에서 모든 걸 빼앗기면 전 무슨 돈으로 파보츠까지 간단 말입니까요? 해서, 제안을 하나 했습니다요."

베나엘은 말을 할 때 제스쳐가 굉장히 크고 다양했다.

아르디엔이 그런 베나엘을 흥미롭게 바라보자 흥이 더 오른 그가 신이 나서 떠들어댔다.

"제가 무슨 제안을 했는지 아십니까요? 아차차! 감히 백작 나으리께 이런 무례한 짓을. 그냥 말해드리겠습니다요! 제가 가진 것을 전부 내놓을 테니, 한 가지 물건을 물물교환하자고 했습니다요."

베나엘은 지금부터 아주 재미있는 이야기가 펼쳐질 거란 표정으로 검지를 세웠다.

"바로 제 속옷과 여자 강도의 속옷을 바꾸자고 했습니다요."

아르디엔은 선뜻 이해가 가지 않았다.

대체 왜 서로의 속옷을 바꾸려 한 건지 궁금했다.

"어차피 노잣돈 빼앗겨서 오도 가도 못하고 굶어 죽으나, 괜히 강도들을 도발했다가 칼에 맞아 죽으나 매한가지니, 도박을 한 겁니다요! 다행히도 강도들은 그 제안에 배꼽이 빠져라 웃더니만, 여자 강도가 그 자리에서 바지를 벗고 속옷을 벗더니 제 머리에 씌워주는 게 아니겠습니까요? 저도 얼른 속옷을 벗어주려 했는데, 여자 강도가 제 뺨을 후리며 소리쳤습죠! 네 건 필요 없어 변태 새끼야. 그러고서는 강도들은 떠나 갔습니다요."

아르디엔이 피식 웃으며 물었다.

"그래서 그 팬티는 왜 달라고 했던 거지?"

"다시 물물교환을 하기 위해서였습죠!"

아르디엔이 계속 이야기해 보라 눈짓을 했다.

"근처에 있는 도시로 얼른 들어가서 여강도의 속옷을 머리에 쓰고 소리쳤습니다요. 남자의 정기를 쪽쪽 빨아먹는 희대의 창부가 입던 속옷이 여기 있노라! 헤헤헤."

"그랬더니?"

"흥미를 느낀 사람들이 몰려들었습니다요. 제 말을 믿는다기보단 재미있어 보이니까 놀리려고 몰린 거입죠! 하지만 상관없었습니다요. 저는 그 속옷을 거금에 팔 생각이 전혀 없었으니까요. 제가 원하는 건 물물교환이었습죠! 다 절 미친놈 보듯 하는데 누가 그걸 돈 내고 사겠습니까요? 하지만 물물교환을 한다고 하면 장난삼아 그러자는 손님들은 많이 있습죠. 해서, 여강도의 속옷은 어느 취객의 싸구려 목걸이와 바꿨습니다요!"

베나엘은 그 목걸이를 다시 어느 노파에게 감자 열두 개와 바꿨다. 그리고 감자 열두 개 중 여섯 개는 먹고, 나머지 여섯 개는 달걀 서른 개와 바꿨다.

다시 달걀 서른 개를 새끼 토끼 한 마리와 바꾼 뒤, 새끼 토끼는 새끼 강아지로 바꿨다. 새끼 강아지는 어느 여관에 들러 하룻밤 숙박과 조식, 그리고 여관의 숟가락과 바꿨다.

하룻밤을 푹 자고 나온 베나엘은 여관의 숟가락을 그날 하루 종일 바꾸고 바뀌서 병든 말 한 필로 만들었고, 그것을 타파보츠로 달려오며 계속 물품을 바뀌가며 숙식을 해결했다.

"…그리된 것입니다요!"

베나엘의 길고 긴 이야기가 끝났다.

아르디엔의 입가에 미소가 맺혔다.

막말로 생긴 건, 걸레 쥐어짠 것과 다름없는데 그 안에 숨겨 놓은 재능은 그야말로 천부적이었다.

그는 광대 기질이 다분하다.

타인 앞에서 자신을 한도 끝도 없이 숙인다.

그러면서 고객이 자신을 얕잡아볼 때, 허를 쳐 실리를 취한다.

지금 아르디엔에게 꼭 필요한 사람이었다.

아르디엔이 베나엘에게 물었다.

"이 일을 한 지는 얼마나 됐지?"

"이제 삼 년 되갑니다요."

생각보다 오래 묵은 상인이 아니었다.

"네 상단은 있는가?"

"있긴 한데, 일인 상단입니다요."

"규모가 적겠군."

"그렇습죠."

"한데 내게 보내온 계약서의 조건은… 작은 상단으로 해결할 수 있는 내용들이 아니던데."

"맞습니다요. 제겐 그 계약시에 있는 조항들을 이행할 힘이 하나도 없습니다요. 헤헤헤."

"지키지도 못할 계약서를 꾸며 보내다니? 너는 지금 날 능멸한 것이냐?"

아르디엔의 음성이 매서워졌다.

베나엘이 황급히 고개를 숙이고 몸을 벌벌 떨었다.

"그, 그럴 리가 있겠습니까요? 절대 소인은 백작 나으리를 욕보일 생각이 없었습니다요!"

베나엘은 벌벌 떨고 있었다.

대단히 위축되어 보였다.

한데 한편으로는 그 모습이 당당하게만 느껴졌다.

기이했다.

'내가 거짓 감정을 담아 언성을 높이니 그도 철저하게 연극을 하는구나.'

아르디엔은 한층 가라앉은 음성으로 물었다.

"그럼 무엇이냐."

"어떻게든 백작 나으리를 만나 뵙고 싶어 이런 계약서를 작성해 보내는 무례를 저질렀습니다요. 하지만 이 계약서는 어떻게 해서든 이행시키겠습니다요."

"나를 만나고 싶었다? 이유는?"

베나엘의 떨림이 멎었다.

숙이고 있던 고개가 천천히 들렸다.

그는 웃고 있었다.

베나엘이 맞잡은 양손을 싹싹 비비며 말했다.

"백작 나으리의 밑에서 일하게 해달라 간청하기 위해서였습죠."

"그렇다면 계약서의 내용은 어떻게 이행시키겠다는 것인가?"

"절 써주신다면, 다른 상단과 접촉해 이 계약서의 내용대로 거래를 성사시켜 오겠습니다요."

참으로 배포가 대단한 사내였다.

결국 베나엘이 가진 건 아무것도 없었다.

그는 맨몸으로 아르디엔을 찾아왔다.

그러고서는 어떻게든 자신을 써준다면 거짓 계약서를 진짜로 만들어 내겠다고 호언장담했다.

아르디엔이 베나엘을 지그시 바라보다 입을 열었다.

"네가 말한 것부터 먼저 지켜보거라. 그럼 널 내 밑으로 들이겠다."

아르디엔은 책상 위에 있던 서류 뭉치를 베나엘에게 던졌
다.

그것은 베나엘이 아르디엔에게 보냈던 계약서였다.

베나엘이 바닥에 흩어진 서류 뭉치들을 후다닥 줍고서 씨
익 웃으며 손가락 다섯 개를 폈다.

"한 달만 기다려 주십죠!"

"충분하겠나."

"당장 일하러 가겠습니다요!"

베나엘이 바람처럼 집무실을 빠져 나갔다.

아르디엔은 오늘 제대로 된 인재를 또 한 명 만나게 되었
다.

Chapter 02
하멜 상단의 계약서

아르덴 전기

베나엘이 저택을 떠난 다음 날.

아르디엔은 토네이도 용병단을 데리고 이르베스로 향했다.

이르베스에의 주민들은 갑자기 거친 사내들이 대거 몰려오자 잔뜩 긴장했다.

아르디엔은 두려워하는 주민들 앞에 토네이도 용병단을 세워 놓고 모두에게 말했다.

"이르베스는 서로가 돕고 상생하며 발전해 나가야 하는 마을이다. 때문에 복잡한 문제를 일으키는 것은 절대로 용납할 수가 없다. 만약 마을에 피해를 주는 상황이 일어날 경우, 그 원인 제공자를 찾아내어 가차 없이 내칠 것이다."

말은 모두에게 하고 있으나, 사실 토네이도 용병단을 겨냥하는 것이었다.

당연히 토네이도 용병단도 이를 알았다.

하지만 누구도 심각하게 생각하지 않았다.

마렉이 씁쓸하게 웃으며 머리를 긁적였다.

"저, 백작 나으리."

아르디엔의 시선이 마렉에게 향했다.

"뭘 걱정하는지는 알겠는데, 우리 말이요. 다 거친 놈들뿐이지만 이유 없이 누구에게 해코지하지는 않수. 우리가 미치는 건 전장에 나가서 피를 볼 때뿐이란 말이요. 평소에는 그냥 놀고먹기 좋아하는 한량들에 불과하니까 딱히 문제 일으킬 일 없을 거요. 나부터도 괜히 문제 일으키는 놈은 엄히 다스리고 있수."

마렉의 말은 진실이었다.

그는 평소에 괜한 살인을 저지르거나 남에게 해코지를 하는 단원들은 흠씬 두들겨 패서 대번에 내보냈다.

"널 믿겠다, 마렉."

"발등 안 찍을 테니 걱정 마쇼."

그제야 주민들의 표정이 조금 풀렸다.

물론 그렇다고 완전히 안심할 수는 없는 상황이었다.

하지만 해소되지 않은 불안감은 시간이 지나면 절로 해결될 일이었다.

아르디엔은 용병들에게 머물 방을 배정해 주고, 이르베스를 떠났다.

이로써 이르베스의 주민은 총 사백여 명이 되었다.

*　　*　　*

장마가 시작되었다.

사흘 동안 하늘에 구멍이라도 난 듯 비가 쏟아져 내렸다.

어두운 밤.

"하아아아."

파보츠의 작은 집에선 외로움에 사무친 한 남자의 한숨 소리가 애달프게 흘러나왔다.

그는 브람스였다.

하루 일과를 마치고서 집에 홀로 있어야 하는 이 시간이 정말 싫었다.

본인은 빡빡 민 것이라고 주장하는 대머리에 달빛이 부서졌다.

그 모습이 더 외로워 보였다.

"커틀렉… 자네가 날 버리고 여자한테 눈이 멀 줄이
야……. 이제 난 누구랑 술 한잔을 나누란 말인가."

커틀렉은 파보츠의 시장 거리에서 향신료점을 운영하는
사내다.

겉보기에는 말이다.

하지만 그의 진짜 정체는 거금을 받고 사람의 목숨을 취하
는 어쌔신 크라임이었다.

*   *   *

마리엘은 요즘 밤마다 파보츠를 찾는 일이 많아졌다.

라우덴에서의 일과를 마무리한 블랙이 조용히 마리엘의
방을 찾았다.

역시나 그녀는 없었다.

일주일에 세 번은 밤에 나갔다가 아침에 들어오곤 했다.

"……."

블랙의 얼굴이 무거워졌다.

"마리엘… 지금의 넌 좋지 않다."

*   *   *

레인보우 펍은 본점부터 4호점까지 늘 인산인해를 이루었다.

마리엘과 커틀렉은 본점의 한 테이블에 마주 보고 앉아 술을 나누었다.

"그래서 요즘엔 어쨌신 일은 안 하는 거야?"

마리엘이 물었다.

커틀렉은 선뜻 대답하지 않았다.

하지만 마리엘은 조급하게 보채지 않았다.

커틀렉과의 이야기가 여기까지 진행되는 데도 많은 시간이 걸렸다.

그는 좀처럼 자신을 잘 내보이지 않으려고 했다.

그래서 마리엘은 거의 반 강제적으로 커틀렉과 일주일에 세 번씩 만남을 가졌다.

처음에 커틀렉은 마리엘의 물음에 아무것도 대답하지 않았다.

그저 맥주만 마실 뿐이었다.

그러다 만남의 횟수가 늘어갈수록 커틀렉의 마음도 서서히 열렸다.

그다음엔 입이 열렸고, 마리엘과 대화를 이어나갔다.

마리엘은 커틀렉이 페르소나 뱅가드 양성학교를 떠나서 어찌 살아왔는지에 대해서 모두 듣게 되었다.

그는 국경을 넘어 그라함 왕국으로 숨어든 뒤, 페르소나 뱅가드에서 사용하던 이름을 버리고 커틀렉이란 이름을 사용했다.

낮에는 향신료점에서 일을 하고, 밤이면 소매치기를 일삼았다.

힌데 어린 니이에도 불구하고 그 솜씨가 기막혔다.

커틀렉의 소문은 도둑들 사이에서 빠르게 퍼져 나갔다.

결국 커틀렉은 도둑 길드의 일원이 되었다.

그곳에서는 자신이 일을 한 만큼 돈을 주었다.

커틀렉이 혼자 일하는 것보다 더욱 많은 돈이 들어왔다.

그래서 향신료점 일을 더 이상 할 필요가 없어졌다.

커틀렉은 크라임이라는 가명을 쓰며 도둑질하며 지냈다.

하지만 크라임의 재능은 고작 도둑 길드에서 썩을 만큼 작지 않았다.

도둑 길드를 방문한 어느 어쌔신이 이를 알아보고서 그를 어쌔신 길드로 스카우트했다.

그다음부터 크라임의 인생이 날개를 달았다.

페르소나 뱅가드 양성학교에서 배운 그의 능력은 그림자 속으로 숨어드는 것이다.

크라임은 이 능력의 이름을 섀도우 워커라고 지었다.

섀도우 워커는 그가 쥐도 새도 모르게 사람의 목숨을 취할 수 있도록 해주었다.

백이면 백, 크라임의 먹잇감이 된 이들은 그의 칼날을 피해 갈 수 없었다.

그가 성공하는 살인의 수가 늘어날수록 입지도 빠르게 넓어졌다.

더불어 그는 수련을 게을리하지 않아 암살 기술 역시 무섭게 발전했다.

섀도우 워커는 더욱 은밀해졌다.

어쌔신으로 활동한 지 단 오 년 만에 세 손 가락 안에 드는 실력자가 되었다.

그때부터 크라임은 길드를 나와 홀로 생활하기 시작했다.

낮에는 어렸을 때 일했던 경험을 살려 향신료점 주인 커틀렉으로, 밤에는 의뢰가 들어올 때마다 사람의 숨을 앗아가는 어쌔신 크라임으로.

그러다 아르디엔을 암살하란 의뢰를 받게 되었고, 처음으로 임무에 실패했다.

아르디엔은 크라임의 정체를 알면서도 그를 죽이지 않았다.

다만, 그에게 자신을 죽이라 의뢰했던 이를 죽여달라 했다.

아르디엔의 암살을 사주했던 이는 두아즈 후작을 따르는 주요 열두 반란 귀족 중 한 명인 바르스 백작이었다.

크라임은 바르스 백작을 죽였고, 이후로 쭉 암살 의뢰를 받지 않았다.

마리엘이 들은 이야기는 거기까지였다.

"안 해."

"응? 뭘?"

갑자기 들려온 커틀렉의 대답에 맥주를 마시던 마리엘이 물었다.

"어쌔신 활동 하지 않는다고."

"아……."

한참 전에 물었던 것을 이제서 대답하니, 마리엘도 자신이 했던 질문이 뭔지 까먹은 참이었다.

"그럼 어때? 지금이 더 좋아? 아니면 그전이 더 좋아?"

어쌔신 활동을 잠정적으로 그만둔 지금과, 계속 어쌔신 활동을 하던 그전, 둘 중 무엇이 더 좋으냐는 뜻이었다.

커틀렉은 또 한참을 생각하다 말했다.

"모르겠어."

"대답이 참 싱겁네."

마리엘이 맥주를 꿀꺽꿀꺽 들이켰다.

"푸하~! 여기 한 잔 더!"

종업원이 새로운 잔에 맥주를 채워 내왔다.

그때 커틀렉이 다시 입을 열었다.

"좋다… 라는 감정이 뭔지 난 몰라."

마리엘이 소세지 하나를 입에 넣다가 멈칫했다.

그녀가 동그랗게 뜬 눈으로 커틀렉을 바라봤다.

"좋다는 것의 반대말은 뭐지? 나쁘다인가? 그게 뭔지도 몰라. 좋은 적이 없었으니까 나쁜 적도 없어."

"…차라리 싱거운 대답이 낫다."

마리엘에겐 적어도 좋았던 시절이 있었다.

비록 최후에는 비극이 되어버렸지만, 서로 사랑하는 연인이 있었다.

그녀는 그때의 기억을 알고 있기에 지금이 행복하지 않다고 느꼈다.

그것이 현재 자신의 입장에서 해가 된다는 걸 알고 있지만 어쩔 수 없었다.

요즘엔 그 참을 수 없는 갈증을 커틀렉과 만나는 것으로 풀고 있었다.

이토록 편하게 자신의 속내를 내보일 수 있는 사람이 그녀의 주변에는 아무도 없었다.

커틀렉이 유일했다.

한참 동안 감성에 빠져 있던 그녀는 잠깐 이성을 술자리로 끌어들였다.

"커틀렉, 어쌔신 활동을 했으면 사람 찾아내는 건 크게 어럽지 않겠네?"

"찾는 사람이 있나 보지?"

"응, 아르디엔이라고. 라우덴에서 도망친 녀석이야. 나이
는 열여덟. 붉은색 머리카락에 붉은 눈동자. 대단한 미남형
에, 체격도 좋았어."

"…몇 가지가 다르지만 비슷한 사람은 알고 있어."

"아렌 백작?"

커틀렉이 고개를 끄덕였다.

"그래, 처음엔 나도 의심했어. 나이 똑같지, 이름 비슷하
지. 풍기는 분위기도 그렇고. 그런데 아니었어."

"확실해?"

"머리카락이나 눈동자색은 마법으로 바꿀 수 있다 쳐. 머
리카락의 경우는 굳이 마법을 사용하지 않더라도 염색으로
가능하겠지. 골격도 폴리모프 마법 한 번이면 충분히 변형할
수 있으니까. 그래서 마나 공명석을 가지고 펍에 온 적도 있
었어. 하지만 반응 안 하더라고."

커틀렉이 그 말을 듣고 잠시 무언가를 생각하다 말했다.

"마법의 힘을 빌리지 않고서도 외형을 마음대로 바꿀 수
있는 자가 대륙 역사상 한 명 존재했지."

"뭐? 그게 누군데?"

"라하트마의 자서전을 읽어본 적 있어?"

"없어. 라하트마가 누군지는 알아."

라하트마는 대륙 최초로 무학의 극의에 오른 자다.

아르디엔은 그의 자서전을 수백 번 되읽으면서 극의를 체험했고 지금에 이르렀다.

"무신 라하트마의 자서전을 읽어보면 그런 얘기가 나와. 자신은 육체의 세포 하나하나를 변이시켜 그 어떤 외형으로도 변할 수 있었다고."

"그건 무신의 얘기지. 아르디엔은 라우덴을 도망갈 때 고작 열여섯이었어. 그런데 그 녀석이 무학의 극의에 올랐다고? 말도 안 돼."

"정말 아르디엔을 찾으려 한다면 작은 가능성 하나까지도 놓쳐서는 안 돼. 혹시 라우덴에 라하트마의 자서전이 있었나?"

"있었지. 그런데 그건 페르코라는 녀석이 태워 먹었……."

말을 하던 마리엘의 표정이 딱딱하게 굳었다.

'그러고 보니…….'

그 많은 서적들 중, 라우덴의 학생이 태워 버린 게 라하트마의 자서전이라는 것이 어쩐지 석연찮았다.

사실 라하트마의 자서전을 누가 태웠는지 목격한 이는 라우덴에서 아무도 없었다.

때문에 선생들은 학생들을 모아놓고 책을 태운 사람은 자수를 하라고 했었다. 그러나 아무도 자수하지 않자 금식 명령을 내렸다.

그에 페르코라는 아이가 자신이 책을 태운 거라며 선생들에게 고백했다.

한데 당시의 기억을 되짚어 보니 페르코는 자수하면서도 어쩐지 무척이나 억울해했었다.

정말 자서전을 태운 게 페르코였을까?

아무도 본 사람이 없는데 어떻게 그걸 확신할 수 있을까?

이상한 건 그뿐만이 아니다.

게다가 아르디엔은 라우덴에서 수련을 받던 어느 순간부터 이상한 기술을 사용하기 시작했다.

몬스터들과 싸우는 실전 훈련에서 아르디엔에게 맞아 죽은 몬스터들은 하나같이 소용돌이에 파인 듯한 바람구멍이 나 있었다.

그것은 주먹으로 두들기거나 칼로 도려내서는 생길 수 없는 상처였다.

마리엘은 라하트마의 자서전을 읽어보진 못했지만, 그에 대한 유명한 이야기 몇 가지는 알고 있다.

"라하트마는… 오러를 다른 속성의 기운으로 변화시킬 수 있었지?"

"응."

콰가각!

마리엘의 손에 쥐어져 있던 맥주잔이 우그러졌다.

"아렌… 그 녀석이 아르디엔일지도 모르겠어."

벌떡 일어나려는 마리엘의 어깨를 커틀렉이 내리눌렀다.

마리엘이 커틀렉을 무섭게 쏘아봤다.

하지만 커틀렉은 평정을 유지하며 충고했다.

"누군가를 찾을 땐 작은 가능성 하나까지 쉽게 넘기면 안 되지만, 확신을 가지기 전까지 움직여서도 안 돼. 어설프게 행동했다가 일을 그르치는 경우가 생겨."

"그럼 계속 이렇게 허송세월만 하라는 거야?"

"기다려. 기다림은 헛된 시간이 아니야."

"오래 기다릴 수 없어. 벌써 2년이 넘게 아르디엔을 찾아 다녔어."

"그래도 기다려."

"네가 도와주면 안 돼?"

"난… 이미 그에게 빚을 졌어."

"젠장."

마리엘이 커틀렉의 잔을 빼앗아 남은 맥주는 전부 입에 쏟아부었다.

"꿀꺽! 후우."

"진정해, 마리엘. 만약 아렌 백작이 아르디엔이 맞다고 한

들, 그다음엔 어쩔 거지?"

"뭘 어떻게 해. 없애야지."

"그럴 수 있을까?"

"못할 것 같아?"

"우리 추측대로 아르디엔이 아렌 백작이라면 그는 이미 2년 전, 아니, 어쩌면 그보다 더 오래전에 무학의 극의를 봤다는 말이 돼. 라하트마는 극의를 본 다음 대륙의 전설이 되었어. 누구도 그를 꺾지 못했지."

"페르소나 뱅가드는 강해."

"아렌 백작도 강해. 게다가 그의 주변엔 힘이 되는 사람들이 많이 있어. 비단 백작가의 마법사 라미안이나 광속의 기사 케이아스만을 두고 하는 말이 아니야. 그를 지지하는 삼대 성군 귀족들도 무시할 수 없어. 게다가 이번에는 버서커 마렉이 이끄는 토네이도 용병단도 흡수했어."

"그렇다 하더라도 페르소나 뱅가드의 헤드 헌터들을 당해 낼 수는 없……!"

"대륙 십존."

커틀렉이 마리엘의 말을 끊었다.

"헤드 헌터들이 대륙 십존과 맞붙는다면 반드시 이긴다고 자신할 수 있을까?"

헤드 헌터들은 페르소나 뱅가드에서 서열 10위 안에 드는 이들이다.

그들은 강하다.

대륙 십존과 비견될 정도로 강하다.

하지만 이긴다는 보장은 없었다.

"아렌 백작은 대륙 서열 11위인 야왕 티르커스를 일격으로 죽였다. 적어도 그의 무위는 대륙에서 다섯 손가락 안에는 들어."

"……."

마리엘이 아랫입술을 질끈 깨물었다.

그러다 덜덜 떨리는 목소리로 물었다.

"그럼 왜 가만히 있는 건데? 그 정도의 힘을 가지고 있다면 벌써 라우덴을 처들어왔어야 하는 거 아니야?"

"아렌 백작이 아르디엔이라면… 그와 너의 차이점은 바로 그거야."

"무슨 소리야, 제대로 이야기해."

"기다림. 아렌 백작은 기다릴 줄 아는 사람이다. 힘이 있더라도 섣불리 움직이지 않고, 약간의 이변도 없이 자신의 계획대로 완벽하게 노리는 목표물을 전복시킬 수 있도록, 때를 기다리는 거지."

"그래, 나 성질 급하다. 여기! 맥주 두 잔!"

마리엘의 주문에 맥주를 들고 나타난 건 종업원이 아닌 아로아였다.

"맥주 두 잔 나왔어요, 마리엘. 그리고 커틀렉."

"오늘은 웬일로 직접 맥주를 서빙했대?"

마리엘이 비꼬듯 물었다.

아로아가 테이블 위에 구겨져 있는 맥주잔을 들어 올리며 방긋 웃었다.

"잔 값은 추가 계산 하셔야 하는 거 알죠? 그럼 두 분, 좋은 시간 보내세요. 은근히 잘 어울리네요. 커틀렉, 조심해요. 아름다운 꽃엔 가시가 있대요. 가시를 찔리지 않으려면 술에 푹 적셔서 물렁하게 만들어야 돼요. 그러니까 계속 우리 가게 찾아주세요."

아로아가 자기 할 말만 와다다 쏟아놓고서 자리를 떴다.

"저 망할 수전노 같은 계집애."

마리엘이 튀어나오는 욕을 참지 못하고 내뱉었다.

"마리엘."

"왜."

"기다려야 돼. 지금 부딪혔다간 이도저도 안 돼. 그의 무력도 무력이거니와 그의 정체가 정말 아르디엔이라는 보장도 없어. 괜히 아렌 백작을 능멸한 죄만 뒤집어쓸지도 몰라."

"……."

"마리엘."

"알았어, 알았다고."

마리엘은 다시 맥주만 벌컥벌컥 들이켰다.

*   *   *

베나엘이 계약을 따오겠다며 떠난 지 사 주가 지났다.

그가 애초에 말했던 시간은 한 달이었다.

그는 이틀을 남기고 아르디엔의 저택으로 돌아왔다.

하지만 아르디엔은 저택에 있지 않았다.

그는 오전에 볼일이 있어 이르베스로 떠난 터였다.

집사 하틀란은 베나엘에게 아르디엔이 돌아올 때까지 기다리라며 객실을 내주었다.

객실에 들어온 베나엘은 짐을 내려놓고 침대에 드러누웠다.

"하아, 힘들다."

그가 품에서 계약서 뭉치를 꺼냈다.

계약서 마지막 페이지엔 누군가의 이름이 서명되어 있었다.

호언장담한 대로 그가 하멜 상단에 제의했던 그 조건 그대로 다른 상단과 계약을 맺어온 것이다.

"백작 나으리께서 이걸 보면 좋아하시겠지."

베나엘은 파보츠를 떠나 상인들이 가장 많이 모이는 대도시로 향했다.

그리고 그곳의 주점에 모인 상인들에게 술 한 잔씩을 돌린 뒤, 미리 준비해 온 계약서를 꺼내 들었다.

상인들이 베나엘의 계약서에 관심을 보였고, 베나엘은 아렌 백작의 이름을 팔았다.

"안녕하신지요~ 상인 여러분. 저는 하멜 상단에서 일하고 있는 상인 베나엘입니다. 하멜 상단에 대한 이야기는 다들 들어보셨겠죠? 그렇습니다. 이른바 기적의 작물을 만들어내는 아렌 백작님이 운영하는 상단입니다."

그러자 모든 상인의 눈이 번뜩였다.

요새 상인들 사이에서 가장 화제인 이야기는 누가 하멜 상단과 계약하게 될 것인가였다.

"여기 이 계약서는 아렌 백작님께서 직접 작성하신 것입니다."

거짓말이다.

그 계약서는 베나엘이 아르디엔에게 보냈던 계약서였다.

"아렌 백작님이 하멜 상단을 만들어 상인과 계약을 맺겠다 선포한 뒤, 전국 각지에서 숱한 계약서가 날아들었지만, 그 어느 계약서도 백작님의 구미엔 맞지 않았다 이 말씀입니다. 나 참, 바보 같은 일이 아닐 수 없지요. 상인이 뭡니까? 돈 냄새를 기가 막히게 맞는 이들 사람입니다. 하멜 상단과 어떻게 든 계약을 따내기만 하면, 그다음부터는 돈방석에 앉는 일만 남는 겁니다. 물론 여기 계약서에 적힌 조건이 이행하기에 무리가 있어 보일 수도 있습니다. 일단 그 내용을 읽어 드리겠습니다."

베나엘은 계약서의 내용을 죽 읽어 내려갔다.

그와 동시에 상인들의 얼굴이 급격히 어두워졌다.

계약서를 다 읽었을 땐, 좌중은 찬물을 끼얹은 듯 조용해졌다.

계약서의 내용이 터무니없을 만큼 하멜 상단에게만 유리했기 때문이다.

그런 조건으로는 계약을 따낸다 하더라도 크게 득될 것이 없을 듯했다.

베나엘은 이런 반응도 이미 예상하고 있었다.

그가 다시 일장연설을 이어나갔다.

"다들 무슨 생각을 하는 건지 알고 있습니다. 도저히 이문이 남지 않는다! 맞죠?"

당연했다.

여러 가지 조항들이 걸렸지만 가장 말도 안 되는 조항은 하멜 상단에게 산 작물을 팔아 이문을 남겼을 경우, 그 이문의 오십 퍼센트를 납부해야 한다는 부분이었다.

하멜 상단에게 돈을 주고 작물을 샀으면 그 이후에 작물을 얼마에 팔아 이문을 남기든 그것은 모두 상인의 것이 되어야 한다.

한데 오십 퍼센트를 납부하라니?

만약 하멜 상단에게 작물 한 개를 20트랑에 사서 80트랑에 팔았다고 치사.

그럼 60트랑의 이문이 남는다.

거기에서 절반인 30트랑을 하멜 상단에게 반납하면 10트랑밖에 남지 않게 된다.

그마저도 인건비에 유통비 등등 빼고 나면 2~3트랑이나 남을까 말까다.

도저히 계약할 수가 없는 내용이었다.

베나엘은 품에서 잉크 먹인 펜을 꺼냈다. 그리고 계약서 조항 중 이문의 오십 퍼센트를 납부하라는 조항을 조정했다.

오십 퍼센트라는 부분에 줄을 좍좍 긋고서 이십 퍼센트로 바꿨다.

"자, 이러면 어떻습니까?"

그러자 상인 중 몇 명이 살짝 동요했다.

한데 그들은 베나엘의 꼼수에 걸려들었다는 것을 몰랐다.

사실 베나엘이 아르디엔에게 애초에 제출했던 계약서에는 이문의 오십 퍼센트가 아닌 이십 퍼센트를 납부하라고 적혀 있었다.

베나엘은 그 조항을 오십 퍼센트로 바꿔서 상인들에게 보여준 뒤, 다시 처음의 조건으로 되돌린 것뿐이다.

한마디로 그가 아르디엔에게 제시했던 계약 조건에서 변한 것은 아무것도 없었다.

"거기다 한 가지 더. 지금 하멜 상단에서 공급하는 작물의 수는 다달이 늘어나고 있지요. 근 삼 개월 동안 거래된 작물의 수만 보더라도 말입니다. 석 달 전엔 삼천 개였던 것이, 두 달 전엔 사천 개, 전달엔 오천 개! 천 개씩 물량이 늘었습니다. 그 말은 무엇이냐? 대체 어떠한 방법을 사용한 것인지는 모르지만, 하멜 상단에서 재배하는 작물은 기후의 영향을 받지 않고 무조건 손댔다 하면 대풍이 난다는 것입니다!"

듣고 보니 정말 그럴 듯했다.

술집에 있는 상인들은 거기까진 생각을 하지 못했다.

"일 년 후엔 이 계약서를 따낸 사람의 상단에서 얼마나 많은 물량을 독점하게 될지 모르는 일 아니겠습니까?"

술집 안의 분위기가 후끈 달아올랐다.

상인들이 이제 대놓고 계약서에 욕심을 드러내고 있었다.

베나엘을 계약서를 팔랑팔랑 흔들며 말했다.

"누가 이 계약에서 사인을 하게 될까요? 지금부터 경매 들어갑니다. 100트랑부터 시작하지요!"

베나엘의 말이 끝나기 무섭게, 상인 한 명이 소리쳤다.

"300트랑!"

그러자 다른 상인이 다시 소리쳤다.

"500트랑!"

그다음엔 여기저기서 가격을 높여댔다.

"700트랑!"

"1,000트랑!"

"1,500트랑!"

그렇게 치솟던 계약서 경매가는 결국 5만 트랑으로 낙찰되었다.

절대적으로 하멜 상단에게 유리한 계약서에 사인하게 된 상인은 두비아츠라는 이였다.

그는 그라함 왕국 내에서 열 손가락 안에 드는 커다란 상단을 운영하고 있었다.

상단의 이름은 폴라리스.

하멜 상단은 폴라리스 상단과 계약을 맺게 되었다.

딱히 좋지 못한 조건에 5만 트랑까지 지불해 버렸으니, 어찌 보면 두비아츠가 베나엘에게 일방적으로 당한 것 같지만 그건 아니었다.

베나엘이 한 이야기 중 거짓이라고는 계약서가 아르디엔의 손에 의해 작성되었다는 것과 수익의 오십 퍼센트를 납부해야 하는 것을 이십 퍼센트로 수정했다는 것뿐이었다.

나머지 이야기들은 진실이었다.

주점에 모인 상인들 역시 바보가 아니다.

베나엘의 말을 듣고 아렌 백작의 행보를 떠올려 봤을 때, 결과적으로 시간이 지날수록 상단에 커다란 이익이 될 것 같단 판단이 들었으니 계약하려고 경쟁까지 붙은 것이다.

아무튼 그렇게 해서 베나엘은 사인이 된 계약서와 5만 트랑까지 챙겨 복귀하게 되었다.

"백작님은 언제쯤 오시려나."

큰일을 마치고 돌아와 침대에 누워 있자니, 베나엘의 눈이 스르르 감겨왔다.

그는 곧 단잠에 빠져 들었다.

Chapter 03
태동

아르디엔 전기

아르디엔은 제법 만족스러운 기분으로 이르베스에서 돌아
올 수 있었다.

마렉이 호언장담했던 것처럼, 이르베스에는 그동안 아무
런 문제도 일어나지 않았다.

오히려 용병들은 마을 사람들과 급격히 가까워져 허물없
이 지내고 있었다.

농사일을 돕는 것은 기본이었고, 미라클 플라워의 재배 역
시 열심히 도왔다.

그런 모습들이 거친 용병들이라기보단 조금 우락부락하고

단순무식한 마을 주민 같아 보였다.

특히 마렉은 이르베스의 촌장이자 초신성 디스토의 아버지인 테사르와 죽이 잘 맞았다.

두 사람은 마치 케이아스와 알버트처럼 매일 밤마다 술잔을 나누며 오래된 지기처럼 지내고 있었다.

삼 일 동안 이르베스에서 머물며 근심 걱정을 모두 떨쳐 버린 아르디엔은 홀가분하게 저택에 들어섰다.

한데 저택에서도 기쁜 소식이 그를 기다리고 있었다.

*　　　*　　　*

"만족하셨습니까요?"

집무실 책상에 앉아 계약서를 바라보는 아르디엔에게 베나엘이 물었다.

"사흘 전에 돌아왔다고 했나?"

"그렇습니다요, 헤헤."

"약속한 기한보다 이틀이나 앞당겼군."

"그러믄요. 최선을 다했습니다요. 게다가 부수입도 있었습죠."

베나엘이 얼른 아르디엔의 책상에 돈주머니를 올려놨다.

"이건 뭐지?"

"계약서에 사인하게 해주는 대가로 받은 돈입니다요. 5만 트랑입죠."

베나엘의 말이 참 재미있었다.

계약서에 사인하게 해주는 대가로 5만 트랑을 받았다니?

"자세히 얘기해 봐."

아르디엔이 흥미를 보이자 베나엘이 신이 나서 여태까지의 이야기를 늘어놓았다.

"…그리된 것입니다요~! 헤헤."

"베나엘."

"네, 아렌 백작 나으리."

"참 물건이군."

진심이었다.

처음 대면했을 때부터 보통내기는 아니라고 생각했다.

한데 알아갈수록 더더욱 대단한 사람이었다.

"감사합니다요!'

베나엘이 감격해서 넙죽 고개를 숙였다.

"약속했던 대로 나는 널 내 가문의 사람으로 받아들여 중용할 것이다. 앞으로도 지금처럼 잘 부탁하겠다."

"물론입지요! 분골쇄신하겠습니다요!'

이것으로 아르디엔은 뛰어난 상인 베나엘을 얻었다.

이제 정말 완벽하게 아렌 백작 가문의 기틀이 잡힌 것이다.

아로아는 레인보우 펍을 계속해서 발전시키고 있다.

보름 전에는 5호 점을 파보츠가 아닌 인근의 나른 도시에 오픈했다.

이제 레인보우 펍이 전국구 체인점을 노리며 나아가게 된 것이다.

레인보우 펍의 체인점이 늘어날수록 아르디엔에게 떨어지는 수입도 많아진다.

순수익의 30퍼센트를 그가 먹기 때문이다.

금광산 사업 역시 갈수록 더 잘되고 있었다.

금광산 사업으로 벌어들이는 돈은 수익의 오십 퍼센트를 가질 수 있다.

레인보우 펍과 금광산 사업만 해도 돈이 쌓여 남아돌 지경이었다.

그런데 얼마 전부터는 미라클 플라워도 날개 돋친 듯 팔리고 있다.

이미 만병통치약이라 소문이 난 미라클 플라워는 아그니 병이 전국으로 퍼진 이후 국가가 사들이는 실정이니 당연히 돈이 될 수밖에 없었다.

게다가 이르베스에서 경작한 작물들로 얻는 수입은 또 어떠한가?

유일하게 적자가 나는 것이 용병 길드였다.

한데 한 달 전, 토네이도 용병단이 아르디엔의 밑으로 들어와 이르베스에 상주하는 중이다.

이미 세간에는 아렌 백작이 토네이도 용병단을 흡수했단 소문이 쫙 깔렸다.

해서 여기저기서 파보츠의 용병 길드로 여러 가지 굵직한 의뢰들이 밀려들었다.

그러나 아르디엔은 일부러 아무런 의뢰도 받지 않았다.

아직은 토네이도 용병단이 이르베스에 둥지를 틀어야 하는 기간이다.

제대로 자리를 잡기도 전에 계속 밖으로 돌려 버리면 정착하기가 힘들어지는 게 당연한 일이다.

어찌 되었든 그런 상황이니 용병 길드의 적자도 해결될 터였다.

저택 외적인 일들은 이처럼 아무런 문제 없이 잘 돌아가고 있었다.

하멜 상단도, 금광산도, 미라클 플라워도, 용병 길드도.

무엇 하나 무너지는 일이 없었다.

그 못지않게 저택 내부의 일도 잘 풀리는 중이었다.

라미안의 밑에서 수업을 받는 마법사들은 이제 하나같이 일취월장하고 있었다.

케이아스가 관리하는 기사와 사병들 역시 마찬가지였다.

그리고 아르디엔을 위해 수고해 주는 식솔들은 총 천이백여 명이었고, 그중 전투나 전쟁에 투입될 수 있는 인원은 팔백가량이었다.

백작의 작위에 오른 사람 중에서는 아르디엔의 금력으로나, 전투력으로나 아르디엔을 따라올 수 있는 사람이 거의 없었다.

이제는 그가 애초에 무너뜨리기로 마음먹었던 적들과 정면으로 붙어도 될 법했다.

'때가 되었어.'

아르디엔은 숨기고 있던 칼날을 서서히 뽑아 들었다.

그가 본격적으로 태동하기 시작했다.

*　　*　　*

9월 중순.

계절은 가을의 초입에 들어섰다.

늦은 밤.

라우덴의 학생들은 모두 잠이 들었다.

라미엘도 그날은 레인보우 펍을 찾지 않았다.

블루 역시 일찍부터 곯아떨어졌다.

하지만 블랙은 잠을 이룰 수가 없었다.

느낌이 이상했다.

몸이 계속 깊은 늪 속으로 빠져 들어가는 듯, 개운치가 않고 답답했다.

'대체 뭐지?'

마치 폭풍전야와도 같은 전운이 그를 지배하고 있었다.

그 불안감의 원인을 파악하려 해도 도무지 알 수가 없었다.

그저 속절없이 애꿎은 시간만 흘려보냈다.

*　　　*　　　*

새벽 두 시.

케이아스와 라미안, 디스토, 마렉은 아르디엔의 부름을 받고 은밀히 그의 저택으로 모였다.

아르디엔은 자신의 방에 모인 네 사람을 천천히 둘러본 뒤 입을 열었다.

"다들 날 믿나?"

물음에 가장 먼저 대답한 건 케이아스였다.

"응, 어마어마하게 믿어."

라미안은 미소 지으며 고개를 끄덕였다.

디스토는 대답이 없었고, 마렉은 귀를 후비며 껄렁껄렁 말했다.

"갑자기 왜 그러쇼? 간지럽게."

"지금부터 내가 하는 말들은 절대 외부로 새어 나가선 안 된다. 그리고 무조건 믿어야 한다."

"잔뜩 기대하게 해놓고 별 얘기 아니면 온갖 원망이 돌아 갈 겁니다. 아마도."

디스토의 말이었다.

아르디엔이 본론을 꺼냈다.

"다들 라우덴이라고 알거나 들어본 적 있나?"

모두 모르겠다는 표정이었다.

그 와중에 라미안만 조용히 손을 들어 올렸다.

"들어봤어요. 바스칸 영지 숲 속에 있는 고아원이죠?"

"맞아."

"뜬금없이 고아원 얘기는 왜 하쇼? 거기 꿀단지라도 숨겨 났수?"

디스토가 마렉을 슬쩍 노려봤다.

그러자 마렉이 콧방귀를 탕 뀌었다.

"왜?"

"말투가 심각하게 싸가지 없어서."

마렉의 입가에 살벌한 미소가 맺혔다.

"너도 그다지 싸가지 있는 것 같진 않은데."

"너보단 덜해."

"네 아버지가 나랑 좀 친해서 딱 여기까지만 참아준다."

"아버지 핑계 대면서 꼬리 말 생각이면 그냥 들이받아."

"안 그래도 요새 일이 없어서 근질거렸는데 오늘 피 좀 봐?"

마렉이 허리춤에 찬 쌍검 크림슨의 손잡이에 손을 얹었다.

"그 말이 유언이 될 거다."

디스토의 몸에서 마나와 오러, 스피릿 소울의 기운이 일제히 발산되며 돌풍이 일었다.

두 사람은 당장에라도 달려들 듯 일촉즉발이었다.

그때 아르디엔의 낮은 음성이 공간을 짓눌렀다.

"둘 다 그만."

마렉과 디스토는 방금까지 발산하던 투기를 일제히 거두어들였다.

아르디엔의 몸에서 초월령, 비욘드 소울이 폭발했다.

무학의 극의를 본 사람들만이 다룰 수 있는 미지의 기운, 비욘드 소울은 발현되는 그 순간 주변의 모든 생명체를 복종하게 만든다.

마렉이 검 손잡이에서 손을 뗐다.

디스토도 마나와 오러, 스피릿 소울을 거두어들였다.

"한 번만 더 다툼을 벌이면 쫓아내겠어."

"…알았수."

마렉이 멋쩍어서 머리를 긁적였다.

디스토는 아무 말 없이 침묵을 지켰다.

두 사람은 얼굴만 마주하면 저렇게 으르렁거렸다.

디스토의 아버지 테사르와 마렉은 죽마고우처럼 잘 지내는데, 디스토는 영 그러질 못했다.

"아, 싸움 구경 할 수 있었는데."

케이아스가 아쉬워했다.

라미안이 그런 케이아스의 말에 픽 웃었다.

하여튼 언제 어느 때든 마이페이스를 유지하는 사람이었다.

작은 소동이 정리되고 난 뒤, 아르디엔은 말을 이었다.

"라미안이 고아원이라도 알고 있는 라우덴. 난 거기 출신이야."

"…나도 고아인데, 그게 뭐 대수라는 거요?"

"고아라는 건 중요치 않아. 중요한 건 내가 라우덴 출신이라는 것이고, 라우덴은 사실 고아원의 탈을 쓴, 가르테아 제국의 첩병들을 키우는 기관이라는 사실이지."

"……!"

"……!"

"……!"

케이아스를 제외한 모든 사람이 놀랐다.

"그게 정말이우?"

마렉의 물음에 아르디엔은 대답하지 않았다.

하지만 마렉은 알고 있었다.

아르디엔이 절대 이런 거짓말을 할 사람이 아니라는 것을.

더불어 거짓말이라도 생각하기엔 스케일이 너무 컸다.

"그걸 어떻게 확신합니까?"

디스토의 말이었다.

"내가 라우덴 출신이라고 하지 않았나? 나 역시 삼 년 전까지 그곳에서 제국의 첩병, 무적기사단으로 교육받으며 자라왔다. 하지만 도망쳤고, 파보츠에서 아로아를 만나 자리를 잡게 되었다. 라우덴에서 사용하던 내 이름, 본명은 아르디엔. 아렌은 가명이다."

한동안 사람들 사이에 오고가는 말이 없었다.

아르디엔의 입에서 나온 얘기가 제법 충격적이었기 때문이다.

마렉은 이런 분위기를 싫어했다.

그가 참지 못하고서 입을 열었다.

"그런데 그런 이야기를 이 야심한 시간에 몰래 모이라고 해서 풀어놓는 거요?"

"날 도와줬으면 해."

"가서 그냥 때려 부수면 되는 거야?"

케이아스가 신이 나서 떠들어댔다.

주먹을 말아 쥐고 양팔까지 휘휘 돌려대는 모습이 꼭 어린애 같았다.

그런 케이아스를 디스토가 말렸다.

"뭘 도와야 하는지는 정확히 알고 좋아해야지."

"나쁜 놈들 집단이라는데 그냥 밀어버리면 그만이지 뭐."

디스토가 피식 웃었다.

마렉은 그와 영 상성이 맞지 않았다.

그래서 얼굴만 마주치면 으르렁거렸지만, 케이아스는 조금 달랐다.

디스토는 케이아스의 어린애 같은 순수함이 좋았다.

마렉이나 케이아스나 말 안 통하는 건 똑같았다.

그럼에도 말이 안 통해서 더 알고 싶은 사람이 있고, 멀리하고 싶은 사람이 있는 법이다.

"거 다들 조용히 하고! 어떻게 도와줘야 하는지 말해보쇼."

아르디엔이 손가락을 하나씩 펴며 말했다.

"첫째, 날 믿어야 돼. 둘째, 내가 시키는 대로만 해야 돼."

라미안이 조금의 머뭇거림도 없이 말했다.

"믿어요. 그리고 무엇이든 따르겠어요."

아르디엔은 허튼소리를 하는 사람이 아니다.

그건 라미안뿐만이 아니라 여기 있는 이들 모두가 겪어서 잘 알고 있었다.

아르디엔이 손가락 하나를 더 폈다.

"두 가지 사항을 인지했다면 마지막 셋째, 라우덴에서 도망치는 이들을 여지없이 죽이도록. 라우덴은 정문 이외의 곳으로는 나갈 수 없어. 그러니까 정문만 막고 있으면 돼."

"왜? 사면에 기암괴벽으로 둘러쳐져 있기라도 한 거요?"

"아니, 고아원 담벼락 주변에 결계가 쳐져 있기 때문이야. 이 결계는 마법으로 만들어진 게 아니야. 제국에는 기이한 힘을 사용하는 자들이 있지. 그들은 뇌파라는 기술로 마법과 비슷한, 혹은 그 이상의 현상을 만들어낸다. 모두 제국에서 키운 이들로, 대략 천여 명 정도가 있고 페르소나 뱅가드란 이름의 황실직속돌격대의 기사들이다."

"황실… 직속돌격대?"

디스토가 혼잣말처럼 중얼댔다.

"그래, 라우덴에서 첩병들을 가르치는 이들이 셋 있는데, 그들 역시 페르소나 뱅가드 소속의 기사들이다. 뇌파의 힘을 사용하지. 붉은 가면을 쓴 여인은 한 번 가본 곳이라면 어디든 순식간에 이동할 수 있는 공간 이동의 능력을, 파란 가면을 쓴 사내는 자신보다 약한 몬스터들을 마음대로 다루는 능력을, 검은 가면을 쓴 사내는 물리적 수단을 사용하지 않고 원하는 물건을 들거나 구겨·버리는 능력을 사용한다."

"하나같이 재미있는 놈들이네? 이거 신 나는데. 지금 바로 길 거야?"

케이아스가 가볍게 몸을 풀며 물었다.

아르디엔이 고개를 끄덕였다.

"지금 바로 간다."

그에 마렉이 미간을 찌푸렸다.

"이 새벽에 말이오? 거 얘기 들어보니까 라우덴인가 뭔가가 바스칸 영지에 있다더만? 그럼 말을 타고 뭐빠지게 달려도 사흘은 걸릴 텐데? 한 잠 푹 자고 출발하면 안 되겠수?"

"한 시간이면 도착한다."

"뭐?"

마렉이 눈을 부릅떴다.

"백작님 마법도 할 줄 아쇼?"

아르디엔은 대답 대신 라미안을 바라봤다.

그러자 그녀가 빙긋 웃고서 마법을 시전했다.

"라이트 웨이트."

라이트 웨이트는 경량화 마법이다.

시전어가 흘러나오자 아르디엔을 제외한 나머지 사람들의 몸에서 일순 빛이 번쩍였다.

"응? 뭘 한 거야?"

마렉은 아르디엔에게 고정하고 있던 시선을 라미안에게

돌렸다.

그때, 아르디엔이 마리안을 들어 품에 안았다.

"케이아스, 내 허리를 잡아."

"응!"

케이아스가 얼른 아르디엔의 허리에 팔을 둘렀다.

"마렉이 케이아스의 허리를 잡고, 디스토가 다시 마렉의 허리를 잡아라."

마렉과 디스토는 영문을 몰랐으나 시키는 대로 따랐다.

"내 뒤의 세 사람은 절대로 서로를 놓치지 않도록 해."

"대체 뭘 하려고 이러시는 건지, 이유나 압시다! 백작 나으......"

마렉이 말을 채 다 꺼내지도 못했는데, 아르디엔이 달렸다.

순간 주변의 광경들이 허물어져 내렸고, 엄청난 풍압이 전신을 때렸다.

"크허헙!"

"......!"

"끼야호~!"

마렉은 헛숨을 들이켰고, 디스토는 얼굴이 새파랗게 질렸다. 케이아스만 신 나서 고함을 쳤다.

*　　　*　　　*

라우덴을 품고 있는 적막한 숲 속의 초입.

그곳에 바람이 일더니 다섯 사람이 갑자기 나타났다.

라미안은 품에 안고 있던 라미안을 내려놓았다.

"고생하셨어요, 아렌님."

"고생은 저들이 했지."

아드리엔이 뒤를 바라봤다.

케이아스는 쌩쌩했지만 마렉과 디스토는 중심을 잡기 위해 한참 동안 비틀거렸다.

"으… 젠장. 대체 이게 무슨……."

마렉이 핑핑 도는 머리를 툭툭 쳤다.

겨우 정신을 차린 디스토가 주변을 둘러봤다.

아르디엔의 방이 허물어지는 광경을 본 이후로는 눈을 뜰 수가 없었다.

그저 마렉의 허리만 꽉 잡고서 떨어지지 않으려 안간힘을 썼다.

미칠 듯한 풍압이 사라지고 눈을 떴더니 사위는 숲 속이었다.

"서, 설마 여기……."

라미안이 고개를 끄덕였다.

"네, 바스칸 영지예요."

"더 정확하게는 라우덴이 있는 숲이다."

아르디엔이 라미안의 말을 보충했다.

"진짜 한 시간 만에 온 겁니까?"

디스토는 직접 겪고서도 도무지 이 상황을 믿을 수가 없었다.

그러나 이미 아르디엔에 대해 잘 알고 있는 라미안과 케이아스는 모든 것을 당연하게 받아들였다.

아르디엔이 검지로 숲 속의 한 곳을 가리켰다.

"이곳으로 이십 분 정도 걸어가면 라우덴이 나온다."

이 대목에서 마렉은 도저히 묻지 않을 수 없었다.

"백작 나으리의 걸음으로 말이요? 아님, 일반 사람들의 걸음으로 말이요?"

"후자다."

"다행이유. 또 그렇게 가라고 하면 난 죽어도 못가겠소."

보통 아르디엔은 누군가를 대동해서 빠르게 달릴 땐, 양쪽 어깨에 태우거나 품에 안는다.

그러면 풍압이 괴롭긴 해도 힘은 들지 않는다.

한데 이번에는 경우가 달랐다.

마렉은 단 한 번 경험해 본 것으로 진력이 났다.

"가자."

아르디엔이 앞장섰다.

동료들이 그의 뒤를 따라 움직였다.

*   *   *

블랙의 불안감은 시간이 갈수록 증폭되었다.

그는 단순히 잠을 자지 못하는 상황을 넘어서서 촉각을 곤두세우고 있었다.

아무런 일도, 어떠한 변화도 없었다.

그저 똑같은 새벽이었다.

하지만 그의 육감은 필시 무슨 일이 일어날 것이라 예견했다.

지진이 일기 전 동물들이 먼저 알고 소동을 벌이는 것처럼, 그의 마음도 소란스러웠다.

*   *   *

저 멀리 너른 공터에 라우덴이 보였다.

아르디엔은 우선 동료들에게 자리에 대기하라 일렀다.

"오 분. 그동안만 이곳에 대기하고 있다가 시간이 지나면 입구를 포위해."

"왜 오 분이죠?"

디스토가 물었다.

"설득할 수 있는 녀석들은 설득할 것이다."

아르디엔은 몰래 라우덴으로 잠입한 뒤, 자신의 말을 알아 듣는 사람들은 죽이지 않고 데려갈 셈이었다.

러스트리옴이나 데시에도르 소속의 녀석들은 아르디엔의 얘기를 믿지 않을 공산이 컸다.

하지만 그랑로드의 몇몇은 어쩌면 아르디엔을 믿고 따라 와 줄지도 모른다는 희망을 버리지 않았다.

특히 그랑로드의 서열 1위였던 바르타인이나 룸메이트인 요슈아는 조금 더 마음이 쓰였다.

'만약 설득할 수 없다면……'

마음을 독하게 먹어야 한다.

이제부터 행하려는 일들은 사사로운 감정에 휘말려 그르 쳐서는 안 된다.

설득되지 않는다면, 죽인다.

살려두게 되면 훗날 불온의 씨앗만을 키우는 꼴이 되어 버 린다.

아르디엔이 미리 준비해 왔던 복면으로 얼굴을 가렸다.

그리고 나머지 넷에게도 검은 복면을 나누어 주었다.

"오 분이다."

그 말을 남긴 아르디엔이 바람처럼 사라졌다.

　　　　*　　　　*　　　　*

　아르디엔이 동료들과 함께 라우덴을 찾아온 건, 홀로 라우
덴을 무너뜨리기가 역부족이라 느꼈기 때문이 아니다.

　아르디엔의 과거사를 이야기하다 보면 제국의 음모가 튀
어나오지 않을 수 없다.

　하지만 이는 사람들이 쉽사리 믿을 수 없는 얘기들이다.

　해서, 그것이 사실임을 두 눈으로 직접 보게끔 하기 위해
데려온 것이다.

　입구를 지키다 도망치는 놈들을 잡아 죽이라는 것은 명목
이다.

　그 누구도 아르디엔의 펼치는 살수에서 도망칠 수 없을 것
이다.

　물론 케이아스를 비롯해서 라미안이나 디스토, 마렉은 굳
이 이렇게까지 하지 않았어도 아르디엔의 말을 믿었을 것이
다.

　하나 믿는 것과 알게 되는 것은 다르다.

　아르디엔은 은밀하게 라우덴 안으로 잠입했다.

　그 움직임이 어찌나 신속하고 귀신같은지 아무도 아르디
엔을 감지하지 못했다.

촉각을 곤두세우고 있는 블랙조차도.

그가 은밀하게 잠입한 것 역시 라우덴을 정면으로 상대하기 버겁기 때문이 아니다.

아르디엔은 살릴 수 있는 사람은 살리고 싶었다.

그래서 바르타인의 방으로 들어왔다.

2년 전보다 훨씬 덩치가 거대해진 바르타인이 침대 위에 곤히 잠들어 있었다.

아르디엔이 그의 몸을 툭 쳤다.

그러자 눈을 뜬 바르타인이 돌연 맹수 같은 기운을 일으키려 했다.

아르디엔은 두 눈을 부릅뜨고 그런 바르타인을 노려봤다.

어떠한 기운도 뿜어내지 않았다.

한데 바르타인은 아르디엔의 눈을 보는 것만으로 기가 확 눌렸다.

뭐라 말하려 하는 바르타인의 입을 아르디엔이 손으로 막고 고개를 저었다.

아르디엔은 천천히 복면을 벗었다.

복면 속에서 드러난 얼굴은 예전의 붉은 머리카락과 붉은 눈동자를 되찾아 있었다.

아르디엔은 복면을 쓰는 순간 몸속의 세포들을 변이시켜, 외모를 원래대로 되돌린 것이다.

무학의 극의를 보아 인체의 비밀을 체득하고 세포 하나하나를 자신의 의지대로 다스릴 수 있는 자들만이 사용 가능한 비법이다.

처음 라우덴을 나와 레드에게서 도망칠 때도 이 기술을 이용해 외모를 변형시켰었다.

그리고 그 바뀐 얼굴로 지금껏 살아왔다.

아이러니하게도 제 발로 도망쳤던 라우덴에 다시 돌아오면서 원래의 얼굴을 되찾게 되었다.

한참 동안 아르디엔의 얼굴을 바라보던 바르타인이 헛숨을 들이켰다.

"허……! 아, 아르디엔?"

아르디엔이 고개를 끄덕였다.

그의 시선이 바르타인이 누워 있는 침대의 위 칸으로 향했다.

2층 침대에는 요슈아가 잠들어 있었다.

"둘이 룸메이트가 되었군."

아르디엔의 말에 바르타인이 대답했다.

"녀석이… 말라스를 누르고 서열 2위가 되었으니까."

"…그래?"

아르디엔이 없는 라우덴에서는 그들 나름대로 역사가 변하고 있었다.

원래 요슈아는 그랑로드 내에서 끝끝내 세 손 가락 안에 들지 못한다.

그런데 지금은 서열 2위의 자리를 차지했단다.

놀라운 일이었다.

아무튼 아르디엔이 되도록 살리고 싶었던 두 사람이 한방에 같이 있었다. 생각보다 일이 쉬워질지도 몰랐다.

아르디엔이 바르타인에게 눈짓했다.

그러자 그가 일어나 조심스레 요슈아를 깨웠다.

요슈아는 눈을 뜨고서 아르디엔을 보더니 바르타인과 같은 과정을 반복한 뒤에야 상황을 이해했다.

두 사람이 귀신을 본 것 같은 얼굴로 아르디엔에게서 시선을 떼지 못했다.

"그런데 대체 어떻게 들어온 거야? 아니, 왜 돌아온 거야?"

요슈아가 도무지 이해 가지 않아서 물었다.

아르디엔이 대답했다.

"너희를, 그리고 그라함 왕국을 구하기 위해서."

일순 바르타인과 요슈아의 눈에 불똥이 튀었다.

Chapter 04
붕괴

"지금 그라함 왕국을 구하기 위해서라고 했어?"

바르타인은 자신의 귀를 의심했다.

잘못 들은 것이길 바랐다.

하지만.

"그래."

아르디엔은 순순히 인정했다.

"2년 동안 밖에 있더니 머리가 어떻게 된 거 아니야? 우리의 조국은 가르테아 제국이야. 그런데 그라함 왕국을 구한다니?"

"아니, 너희는 처음부터 그라함 왕국에서 태어났고, 그라함 왕국에서 자라났어. 다만 그라함 왕국에 흘러들어온 첩자들이 너희를 키웠을 뿐."

"우리를 키운 게 제국의 사람들이면 우리 역시 제국 사람인 게 당연해. 그라함 왕국이 우리를 위해 뭘 했지?"

바르타인이 당장에라도 달려들 듯 으르렁거렸다.

"가르테아 제국은 몇 년 이내 전쟁을 일으켜. 그리고 너희는 그전쟁에 이용만 당한 채, 버려질 거야."

"헛소리. 마치 미래를 다 보기라도 한 것마냥 지껄이지 마."

"봤다면?"

"뭐?"

"내가 미래를 봤다면 어쩔 테지?"

아르디엔의 황당무계한 말에 바르타인과 요슈아가 시선을 교환했다.

"그게 말이 된다고 생각해?"

누구라도 지금 아르디엔의 말을 믿을 수는 없을 것이다.

하지만 그가 하는 말은 진실이었다.

아르디엔은 어떻게든 바르타인과 요슈아를 설득시키고 싶었다.

그러기 위해서는 자신이 미래를 안다는 것을 말하고 그에 대한 증거들을 보여주어야 한다.

"내가 아직 라우덴에 머물고 있을 때, 하루아침에 변해 버린 모습에 너희 모두 당황했었지."

"그게 뭐?"

요슈아가 퉁명스레 대꾸했다.

"사람이 하루아침에 변하는 경우는 흔치 않아."

"꿈속에서 미래를 보고 눈을 떴더니 딴사람이 되었다, 뭐 그런 말을 하려는 거야?"

"아니, 난 모든 미래를 겪고 나서 과거로 회귀했다. 어떻게 이런 일이 가능했는지에 대해서는 설명할 수 없지만, 그게 사살이야."

"그런 말로 우리를 설득할 수 있을 거라 믿는 건 아니겠지."

"물론. 하지만 내가 라우덴에서 도망치고 난 뒤, 2년 동안 이곳에서 일어났던 일들을 얘기한다면 믿어볼 가치가 있지 않을까?"

"뭐?"

바르타인과 요슈아의 시선이 다시 한 번 마주쳤다.

"내가 떠나고 난 뒤 너희는 그전과는 비교도 할 수 없을 만큼 지독한 수련을 받게 되었어. 1년 동안은 도통 그 지옥과도 같은 수련에 적응하지 못해 많은 아이들이 죽어나갔지. 지금은 내가 알던 과거과 미래가 많이 달라졌지만 아마 라우덴 내에서 벌어진 일들은 크게 다를 것이 없겠지. 그랑로드에서는 자르단, 메키, 라이, 이안, 로메로가 죽었고, 러스트리옴에선 바이슨, 사투라, 제이키, 웡, 어빈, 넬리안이 죽었지. 마지막으로 데시에도르에서는 덴탈, 아키러스, 레이, 바놉이 죽었다."

아르디엔의 말이 끝나자 바르타인과 요슈아의 얼굴이 경악으로 일그러졌다.

그의 입에서 호명된 이들은 전부 1년 전에 죽어버린 전우들이었다.

"다시 1년이 흐른 뒤엔 그랑로드의 메이주, 타렉, 러스트리옴의 팔토, 가스트, 데시에도르의 마하츠가 죽었어. 2년 동안 총 스물두 명이 죽고 서른다섯이 살아남았지. 내 말이 틀렸나?"

그 역시도 정확했다.

"네가 그걸 어떻게……"

요슈아가 흔들렸다.

라우덴에서 누가 죽어 나갔는지는 내부 사람이 아니라면 절대 알 수 없었다.

그간 라우덴을 방문한 이도 없었을 뿐더러, 선생들이 역시 이러한 사실을 외부에 알릴 리 없기 때문이다.

그런데 아르디엔은 죽은 이들을 정확하게 파악하고 있었다.

그들이 죽은 시기까지도.

"서, 설마… 정말로……?"

요슈아의 눈동자가 불안하게 떨렸다.

그런 그의 머리 위에 솥뚜껑 같은 손이 척 하고 얹혀졌다.

바르타인이었다.

"동요하지 마라, 요슈아."

"하지만……!"

"아르디엔이 변함없는 모습으로 돌아왔다면 모르겠지만, 지금 그는 우리와 다른 길을 가는 적이야. 무슨 말을 해도 흔들리지 마! 우리는 가르테아 제국의 사람이고 녀석은 우리가 짓이겨 없애야 될 그라함 왕국의 인간일 뿐이야!"

바르타인의 일갈에 요슈아가 약해지던 마음을 다잡았다.

그들이 허리에 차고 있던 검을 뽑아 들었다.

"그래… 제국을 능멸하는 건… 내 고국을 욕보이는 건 절대 참을 수 없어!"

요슈아의 눈에 분노를 넘어선 광기가 어렸다.

'완전히 세뇌당했군.'

라우덴의 아이들은 가르테아 제국과 황제를 신성시하고 있었다.

이곳의 선생들이 그렇게 교육시켰기 때문이다.

그들을 낳아준 얼굴 모를 부모보다 더욱 섬기고 모셔야 하는 것이 황제다.

제국은 그들의 목숨을 걸고 지켜야 하는 신성국가다.

이미 바르타인과 요슈아에겐 아르디엔의 진실이 들리지 않았다.

그들은 귀를 틀어막고 자신의 신념만을 직시했다.

'이렇게 되지 않기를 바랐건만.'

아르디엔이 눈을 질끈 감았다.

약속했던 5분이 지났다.

바르타인과 요슈아의 검이 매섭게 휘둘러졌다.

슈가각!

하지만 다음 순간 두 사람은 목에서 긴 선혈을 흩뿌리며 바닥에 쓰러졌다.

어느새 아르디엔의 손엔 왕가의 검 그랑벨이 들려 있었다.

그는 일격에 시체가 된 두 사람을 슬픈 눈으로 바라보았다.

"나를 용서해라."

아르디엔이 두 사람의 숙소를 나섰다.

*   *   *

블랙이 순간적으로 일었다 사라진 살기를 감지했다.

"……!"

그가 부리나케 달려 살기가 인 곳으로 달려갔다.

바르타인과 요슈아의 숙소였다.

하지만 블랙은 방 안으로 들어가지 못했다.

예리한 검 한 자루를 들고 복도로 나오던 누군가와 마주쳤기 때문이다.

블랙은 그의 얼굴을 익히 알고 있었다.

"아르디엔."

그의 입에서 낮은 음성이 흘러나왔다.

동시에 살기를 느낀 마리엘과 블루도 잠에서 깨어 밖으로 뛰쳐나왔다.

그들이 블랙의 양옆으로 섰다.

호르르르륵!

블루가 호루라기를 꺼내 불었다.

습격 신호였다.

신호를 받은 라우덴의 모든 사람이 우르르 달려 나왔다.

아르디엔은 라우덴의 선생과 학생들에게 완전히 포위되었다.

하지만 그에게서는 조금도 긴장한 기색을 찾아볼 수가 없었다.

"아르디엔. 오래간만이야? 그새 많이 남자다워졌네?"

마리엘이 비아냥거리며 허리에 매어둔 채찍을 쥐었다. 그리고 손을 휙 털자 채찍이 단숨에 풀리며 밑으로 축 늘어졌다.

"그냥 그대로 숨어 살았다면 목숨만은 부지했을 텐데, 이렇게 기어들어 와줘서 얼마나 고마운지 모르겠다, 응?"

블루의 말이었다.

마리엘도, 블루도 아르디엔을 우습게보고 있었다.

하지만 블랙만큼은 아니었다.

아르디엔은 기척을 완벽하게 감추고 라우덴에 숨어 들어왔다.

그가 나왔던 방에서 혈향이 짙게 풍겨졌다.

이미 살인까지 저지른 것이다.

보통의 실력이 아니고서는 이토록 완벽하게 블랙을 속일 순 없었다.

"너희는 단 한 명도 이곳에서 살아나갈 수 없다."

아르디엔이 경고했다.

"아르디엔, 이건 바보 같은 짓이야."

말을 걸어온 건 데시에도르의 서열 1위 카오란이었다.

카오란은 아르디엔 만큼 2년 새 많이 자라 있었다.

그는 라우덴 내에서 가장 어른스러운 학생이었다.

생각이 깊고 말이 적었다.

커다란 문제가 벌어지면 늘 조용히 수습하는 것도 그의 몫이었다.

그런 그가 이번에도 상황을 정리하려 하고 있었다.

하지만 지금은 그가 틀렸다.

아니… 다르다고 해야 할까?

그게 맞을지도 모르겠다.

아르디엔과 그들이 가는 길은 이미 오래전부터 너무나 달라져 버렸다.

아르디엔은 카오란을 이해시키려 하지 않았다.

아무리 지혜로운 카오란이라 하더라도 그의 정신은 가르테아 제국에게 세뇌되어 있다.

말을 섞어봤자 괜히 마음만 더 아파질 뿐이다.

아르디엔은 카오란을 쳐다보지도 않았다.

"멍청한 놈! 죽어어어!"

카오란을 밀치며 러스트리움의 서열 1위 데젤이 나섰다.

라우덴의 학생들 중 가장 성정이 거친 이가 바로 데젤이었다.

아르디엔에게 한 번 패한 전적도 있었다.

그는 아르디엔에게 라우덴의 학생 중 누군가가 죽었음을 알았다.

밖으로 몰려나온 학생들 중에 바르티안과 요슈아의 모습이 보이지 않았다.

그 순간 이미 데젤은 아르디엔을 적으로 인지했다.

카오란처럼 대화를 나눌 생각조차 하지 않았다.

데젤의 검이 큰 호를 그렸다.

아르디엔의 눈에 살기가 번뜩였다.

서걱!

데젤은 뭔가 이상하다고 느꼈다.

검을 휘두른 순간 세상이 빙글빙글 돌더니 목이 화끈거렸다.

털썩! 텅!

그의 시선에 누군가의 목 잘린 몸뚱이가 보였다.

자세히 살피니 그것은 바로 데젤 본인의 몸뚱이였다.

"데제에에엘!"

누군가가 비명과도 같은 고함을 토해냈다.

"죽여라!"

블랙의 명이 떨어졌다.

모든 학생들이 일제히 아르디엔에게 달려들었다. 동시에 블랙이 한 손을 들어 아르디엔을 겨냥했다.

순간 기이한 힘이 아르디엔의 전신을 압박해 들어왔다.

블랙의 능력인 염력이었다.

물체에 손을 대지 않고서 물리적인 힘을 가하는 무서운 능력이다.

마리엘은 갑자기 사라지더니 아르디엔의 정수리 위에서 나타났다. 공간 이동의 능력이었다.

블루는 가만히 서서 주변의 몬스터들을 끌어모으기 시작했다.

라우덴의 학생들은 무조건 아르디엔이 속수무책을 당할 것이라 믿었다.

하지만 그것은 오산이었다.

일순 아르디엔의 몸에서 기이한 힘이 폭사되었다.

동시에 그에게 달려들던 모든 이들이 갑자기 허물어졌다.

블랙과 마리엘, 블루도 뇌파의 힘을 발휘하다 말고 무릎을 꿇었다.

극의를 본 사람만이 사용할 수 있는 초월령, 비욘드 소울이 발동된 것이다.

사람의 영혼을 짓눌러 버리는 기운 앞에 누구도 멀쩡히 서 있지 못했다.

만인지상.

절대무적의 지존.

아르디엔은 가히 그러한 모습으로 홀로 우뚝 서 있었다.

그의 손에 들린 그랑벨이 사정없이 휘둘러졌다.

"꺄아악!"

마리엘이 그답지 않게 비명을 지르며 혼신의 힘을 다해 능력을 발동시켰다.

아르디엔의 검이 그녀의 가슴을 베기 직전, 간신히 공간 이동을 해 위기를 피할 수 있었다.

"하악! 하악!"

죽음의 공포에 직면했다가 가까스로 살아난 레드가 앞을 바라봤다.

그리고 눈을 홉떴다.

아르디엔의 주변에 있던 학생들 십수 명의 머리가 하늘로 떠올랐다가 바닥을 굴렀다.

'…이런 미친!'

도무지 믿을 수 없는 상황 속에서 욕만 나왔다.

한데 그 욕조차도 입 밖으로 내뱉을 수가 없었다.

그만큼 아르디엔에게서 받는 공포는 절대적이었다.

이 상황을 어떻게 이해하고 받아들여야 하는지 고민하는 찰나의 순간에도 라우덴의 학생들은 목 없는 시체가 되어 바닥을 굴렀다.

이제 서 있는 학생보다 쓰러진 학생의 수가 더 많았다.

"으, 으아아아!"

급기야 무기를 버리고 도망치는 학생도 있었다.

하지만,

푹!

"커허……!"

그는 심장을 뚫고 나온 그랑벨의 검끝을 보며 허물어지고 말았다.

아르디엔이 검을 휙 털듯이 휘둘렀다.

그 한 번의 동작으로 세 명의 학생이 목숨을 잃었다.

오러가 어린 검은 거침없이 사람의 생명을 끊어 나갔다.

전투가 시작된 지 채 일 분도 지나지 않아 모든 학생이 죽었다.

아니, 한 명은 혼란한 틈을 타서 라우덴 밖으로 도망쳤다.

하지만 그가 운이 좋았거나 민첩함이 남달라서 도망칠 수 있었던 것은 아니다.

아르디엔이 일부러 보내준 것이다.

이제 라우덴에 남은 것은 블랙, 블루, 마리엘, 세 명의 선생뿐이었다.

블랙이 비욘드 소울의 압박을 이겨내며 겨우겨우 몸을 일으켰다.

그리고 두 손을 아르디엔에게 뻗었다.

블랙에게 다가오던 아르디엔이 염력에 막혀 잠시 움직임을 멈췄다.

"흐아압!"

고함과 함께 블랙은 양손을 꽉 쥐었다.

철근도 구겨 버리는 염력이다.

인간의 몸은 그대로 고깃덩이가 되어 버린다.

하지만.

투둑. 투두둑.

아르디엔의 육신은 염력의 힘을 파훼시켰다.

몸을 격하게 몇 번 털고 난 아르디엔의 신형이 앞으로 쏘아졌다.

"흡!"

블랙이 놀라 몸을 뒤로 뺐다.

하나, 이미 아르디엔은 그의 지척에 다가와 있었다.

순간 가슴에서 화끈한 불맛이 일더니 이윽고 차가워졌다.

"쿨럭!"

입에서 붉은 피가 쏟아졌다.

아르디엔은 블랙의 가슴에 꽂은 그랑벨을 빼지 않은 상태로 들어 올렸다.

서걱!

블랙의 심장과 함께 왼쪽 어깨가 두 동강 났다.

"이런……."

이게 다 꿈인가 싶었다.

블랙은 의식이 사라지는 와중에도 현실을 직시하지 못했다.

아니, 직시하기 싫었다.

마치, 하룻밤 악몽을 꾼 것만 같았다.

그러나 모든 일은 현실이었고, 블랙은 그렇게 허무한 죽음을 맞았다.

"테라엘!"

비통한 심정이 담긴 블루의 음성이 건물 안에 쩌렁쩌렁 울려 퍼졌다.

라우덴에 와서 처음으로 블랙의 본명을 외쳤다.

한데, 그게 마지막이 되어 버렸다.

블루가 허리에 찬 검을 들었다.

하지만 단 한 번 휘둘러 볼 기회조차 허락되지 않았다.

서걱.

"⋯⋯!"

부릅뜬 그의 눈동자에 핏발이 섰다.

이윽고 실핏줄이 전부 터지며 머리가 양쪽으로 쩍 갈라졌다.

털썩.

피와 뇌수를 쏟으며 죽어 넘어진 블루를 보며 마리엘이 바들바들 떨었다.

"테, 테라엘… 사뮤엘……."

마리엘도 블랙과 블루의 본명을 입에 담았다.

그들은 죽었다.

이름을 불러도 대답하지 않는다.

하지만 그녀는 계속해서 둘을 불렀다.

"테라엘… 사뮤엘!"

대답 대신 돌아오는 것은 아르디엔의 싸늘한 시선이었다.

그가 마리엘에게 검을 겨누었다.

"사, 살려줘……."

마리엘은 목숨을 구걸하는 본인의 모습에 적잖이 놀랐다.

전 같았다면 죽음 따위 두려워하지 않았을 것이다.

어차피 내일을 보고 사는 인간들이 아니었다.

페르소나 뱅가드에 그런 인간은 없다.

지옥을 겪으며 철저하게 인성이라는 것이 뒤틀어져 버린 살인 병기만 존재할 뿐이다.

한데 그녀의 기억 속 깊은 곳에 감추어져 있던 기억 하나가 깨어나면서 서서히 달라지기 시작했다.

짧게나마 진심으로 사랑했던 사람이 그녀에게도 있었다는 걸 느끼면서.

그녀 역시도 그런 감정을 느낄 줄 아는 인간이라는 걸 상기했다.

그리고 약해졌다.

처음에는 조금도 의심하지 않았던 페르소나 뱅가드에 대해 의심하기 시작했다.

자신들이 라우덴의 아이들을 결국 버리게 되는 것처럼, 자신들도 제국에게 버려지는 것은 아닌지.

그다음엔 라우덴의 학생들이 죽어나가는 것이 안타까웠다.

점점 잊어버렸던 사람의 감정들이 되살아났다.

그래서 지금은 죽기 싫었다.

아르디엔은 무심한 눈으로 그녀를 바라보았다.

그의 검이 시린 빛을 뿌리며 짓쳐들어오는 순간,

스슷.

마리엘은 사라졌다.

"공간 이동."

아르디엔이 나직이 중얼거렸다.

마리엘은 공간 이동 능력을 이용해 어딘가로 사라져 버렸다.

아르디엔은 다시 자신의 모습을 바꾼 뒤, 라우덴을 나왔다.

*   *   *

아르디엔이 라우덴으로 들어간 지 오 분이 지난 후, 케이아스 일행은 입구를 가로막았다.

순간 고아원 건물 안에서 여러 개의 살기가 동시다발적으로 일었다. 하나 그 살기들은 순식간에 제압당했다.

아르디엔의 검에 시체가 된 이들의 살기가 사라졌기 때문이다.

삼 분이 지난 다음, 누군가가 겁에 질린 얼굴로 라우덴의 입구를 향해 달려 나왔다.

그에 마렉와 케이아스가 동시에 쌍검을 뽑으며 앞으로 나섰다.

"비켜어어어! 그라함 왕국의 개새끼들아!"

아르디엔을 피해 도망친 학생은 현 데시에도르 소속 서열 2위 체로스였다.

아르디엔의 사정권을 벗어나자 그의 몸에서 다시 투기가 솟구쳤다.

격렬하게 터져 나온 투기에 마렉과 케이아스의 입꼬리가 말려 올라갔다.

그만큼 체로스의 기운은 강렬했다.

천성이 싸움꾼인 두 사람이 자극받는 건 당연했다.

"비키라고!"

체로스의 주먹에 진한 푸른빛의 오러가 어렸다.

오러는 빛의 세기로 그 힘을 가늠할 수 있다.

오러를 잠시 잠깐 몸 밖으로 끌어낼 수 있는 이들을 오러 비기너라고 한다.

오러를 주먹이나 무기에 둘렀을 때, 빛이 눈에 보일 듯 말 듯한 미약한 경지를 오러 유저라고 한다.

오러가 비교적 또렷이 눈에 보이면 오러 익스퍼트라고 부른다.

거기서 무기에 입혀지는 오러의 두께와 길이, 크기에 따라 오러 익스퍼트 하급, 중급, 상급으로 다시 나뉜다.

마지막으로 오러의 푸른빛이 선명하고 밝으며 무기에 둘렀을 때의 모양이 흐트러지지 않으면 오러 마스터라 칭한다.

하지만 이것은 단순히 눈에 보이는 형상으로만 단계를 나눈 것뿐.

오러를 사용하는 사람의 수준은 오러를 사용하는 이만이 확실하게 알아볼 수 있다.

마렉과 케이아스가 파악하기에 체로스는 오러 익스퍼트 중급이었다.

마렉은 오러 익스퍼트 중급, 케이아스는 오러 익스퍼트 상급이다.

둘이 동시에 오러를 끌어 올렸다.

하지만 먼저 공격을 내지른 것은 케이아스였다.

케이아스는 이미 광속의 기사라 칭송받는다.

순수한 힘으로만 따지면 케이아스가 마렉에게 밀리겠지만, 속도는 마렉이 따라올 수 있는 경지가 아니다.

까앙!

케이아스가 검 한 자루로 체로스의 검을 막고 다른 한 자루로 복부를 찔렀다.

푹!

"큭!"

체로스는 언제 검이 자신의 배를 찔러 들어오는지도 보지 못했다.

아찔한 고통이 찾아드는 순간 입에서 울컥하고 피가 쏟아졌다.

그때 반 박자 늦게 마렉의 쌍검, 크림슨이 체로스의 목과 어깻죽지를 물어뜯었다.

콰가가각!

"…끄르르……."

체로스는 바람 빠지는 신음을 흘리며 그대로 쓰러졌다.

전투가 끝나자 마렉이 이를 훤히 드러내며 우쭐댔다.

"내가 죽였다."

"내가 먼저 찔렀어."

케이아스가 지지 않고 맞섰다.

"죽인 건 나잖아!"

"다 죽어가는 놈 죽여 놓고 그런 말할 거야?"

"네놈도 크림슨에게 뜯기고 싶냐!"

"붙어보자고? 자신 있어?"

마렉이 케이아스를 매섭게 노려봤다.

케이아스가 싱긋 웃었다.

"둘 다 그만해."

디스토가 그들을 제지했다.

그리고 체로스의 시체를 발로 툭 건드렸다.

"이 녀석이… 여기서 길러지는 첩병인가 보지?"

그때 아르디엔이 라우덴에서 나왔다.

"왜 벌써 나와?"

케이아스가 물었다.

"다 정리됐어."

아르디엔이 그다지 밝지 않은 얼굴로 대답했다.

아무리 가르테아 첩병들을 물리친 거라고 하지만 그들은 모두 아르디엔과 연이 닿았던 사람들이다.

어쩔 수 없는 선택이었으나 마음은 쓰렸다.

그런 아르디엔의 심정을 모두가 어렴풋이나마 짐작했다.

그가 라우덴 출신이라는 것을 이곳에 오기 전에 밝혔기 때문이다.

"일부러 그랬지?"

케이아스가 물었다.

"뭘?"

"한 놈 라우덴에서 도망치게 만든 거. 우리한테 네 말이 진실이라는 걸 믿게 해주려고."

"……."

아르디엔은 대답하지 않았다.

처참하게 뭉개진 체로스의 시신을 보니 선뜻 그렇다 말할 수 없었다.

"그렇게까지 안 했어도, 충분히 믿었어요, 아렌님."

라미안이 말했다.

그녀는 아르디엔에게 다가와 손을 잡아 주었다.

"심려가 크시겠지만, 지금은 아렌님께서 해야 할 일을 하셔야 할 때예요. 필시 여기 말고도 첩병들을 양성하는 기관이 더 있겠지요?"

아르디엔은 라미안의 혜안에 살짝 감탄하며 고개를 끄덕였다.

"우리가 동행해 봤자 짐만 되겠죠. 애초에 이곳까지 동행하신 것도 아렌님의 말을 믿게 하기 위함이었구요. 우리는 여기서 파보츠로 돌아갈게요."

"무슨 소리! 이렇게 된 이상 가르테아 제국의 빌어먹을 끄나풀들을 다 같이 처단해야지!"

"그만 가자, 마렉."

케이아스가 하품하며 그의 귀를 잡아 당겼다.

"어어? 이거 안 놔?"

"천둥벌거숭이처럼 날뛰지 말고 조용히 따라와."

디스토도 마렉의 다른 귀 한쪽을 잡아당겼다.

"으익! 이, 이것들이 정말! 다 썰리고 싶어?"

"마렉님."

라미안이 마렉을 지그시 바라봤다.

"두 분 말씀대로 따라주세요. 부탁할게요."

그러자 성난 황소처럼 난리를 치던 마렉이 콧방귀를 뀌며
수그러들었다.

"쳇."

"다들 조심히 돌아가."

"알겠수. 빨리 해치우고 돌아오쇼."

아르디엔이 고개를 끄덕이는가 싶더니 거짓말처럼 사람들
의 눈앞에서 사라졌다.

"거 참, 귀신이네, 귀신."

마렉이 끝까지 툴툴댔다.

Chapter 05
사신이 다녀간 밤

아르덴 전기

커틀렉은 새벽녘 갑자기 허공에서 뚝 떨어진 여인을 황당하게 바라봤다.

"흐으으… 흐으……."

잔뜩 공포에 질린 얼굴로 몸을 웅크리고 떨고 있는 여인은 마리엘이었다.

일전에 커틀렉은 술이 잔뜩 취한 마리엘을 데리고 자신의 집으로 온 적이 있었다.

그렇다고 집 안에서 무슨 큰 거사를 치른 건 아니었다.

마리엘은 말 그대로 순수하게 커틀렉의 사는 모습이 궁금해서 찾아왔고, 집 안을 한 번 빙 둘러본 뒤, 공간 이동해서 라우덴으로 돌아갔었다.

한데 이런 식으로 다시 찾아올 줄은 몰랐다.

"마리엘?"

커틀렉이 그녀의 이름을 부르자, 비로소 정신을 차린 마리엘이 와락 그에게 안겼다.

마리엘의 떨림이 그대로 커틀렉에게 전해졌다.

"무슨 일이야?"

"사, 살려줘."

다짜고짜 살려달라고 하는 음성이 간절했다.

"괜찮아. 괜찮아."

커틀렉이 마리엘의 등을 천천히 쓸어내렸다.

"이제 괜찮아."

"……."

그렇게 커틀렉의 품에 안겨 한참 동안 위로를 받은 다음에야 겨우 마리엘은 안정을 되찾았다.

하지만 여전히 호흡은 가빴다.

"마리엘."

"…응."

"무슨 일이야."

"나, 무서워."

"뭣 때문에. 뭐가 널 무섭게 만들었어."

"그 녀석이… 그 녀석이 찾아왔어……."

마리엘이 말하는 그 녀석이 누구인지 커틀렉은 익히 알고 있었다.

"아르디엔?"

"응. 네 말대로 정말 아렌 백작이 아르디엔일까?"

"내 생각일 뿐이야."

"그럴지도 몰라. 아니, 그럴 거야. 겉모습은 달랐지만 아렌 백작이랑 똑같은 냄새가 났어. 아니 분위기? 아니, 아니아니!"

마리엘은 혼란스러움에 적당한 단어를 찾지 못하고서 고개를 저었다.

"됐어. 무슨 말인지 이해했어."

"날 죽이러 올 거야. 하지만… 페르소나 뱅가드로 돌아갈 수도 없어. 라우덴이 무너졌어. 녀석이 전부 죽였어. 제국으로 귀환하면 그 즉시 죄를 물어 처형시킬 거야. 어떡해? 커틀렉! 아니… 크라임… 나 어떡하지?"

커틀렉이 전보다 더 세게 그녀를 끌어안았다.

그녀는 향신료 주인 커틀렉이 아닌 어쌔신 크라임에게 도움을 청하고 있었다.

"괜찮아, 마리엘. 나 크라임이야. 넌 죽지 않아. 죽지 않게

할 거야."

마리엘의 자신의 왼쪽 가슴을 콱 그러쥐었다.

"여기가… 아파. 다 무너졌어. 내 안에 있던 뭔가가 우르
르……."

"무너진 게 아니야. 그게 맞아. 그게 사람이야."

"흐윽… 흑……."

마리엘이 구슬프게 흐느꼈다.

크라임은 말없이 그녀의 머리만 쓰다듬어 주었다.

*   *   *

그라함 왕국에는 총 세 군대의 첩병 양성소가 있다.

그중 한 곳이 라우덴이다.

나머지 두 기관은 카르혼, 데니가엘이란 이름으로 불린다.

아르디엔은 두 번째 첩병 양성학교로 향했다.

라우덴처럼 깊은 숲 속에 자리하고 있는 그곳은 카르혼이
었다.

라우덴과 달리 마법사들을 양성하는 곳이다.

건물 자체는 라우덴보다 더욱 거대했다.

그저 몸만 단련하면 되는 기사들보다 여러 가지를 익히고
공부해야 하는 마법사들에겐 여러 공간이 필요하기 때문이다.

마나를 축적하는 방과 기숙사는 기본이고, 마법과 관련된 방대한 분량의 서적들을 감당할 서재도 있어야 했다.

게다가 숙소와는 따로 개인 연구실 겸 수련실도 필수였다.

그렇다 보니 상대적으로 건물이 더 커질 수밖에 없었다.

지금 시기라면 대부분의 학생들이 4서클의 수준에 올랐을 것이다.

하지만 아르디엔의 몸은 7서클의 마법까지도 견디어낸다.

아니, 그 이전에 카르혼의 학생들은 마법을 시전할 기회도 얻지 못할 것이다.

아르디엔은 기척을 감추고서 카르혼의 정문을 향해 달려가다가 주먹에 오러의 기운을 칠십 퍼센트가량 끌어모았다.

그의 오른쪽 주먹에서 피어난 거대한 오러의 덩어리가 눈부신 빛을 뿜었다.

아르디엔의 오러는 이미 마스터급이었다.

질풍처럼 달리던 아르디엔이 오러가 어린 주먹을 그대로 내질렀다.

콰아아아아아아─!

매서운 파공성과 함께 주먹에서 쏘아져 나간 오러의 덩어리가 갑자기 훅 하고 불어났다.

이윽고 카르혼의 건물을 통째로 덮쳤다.

쫘광!

벼락이 치는 소리와 함께 카르혼의 건물이 단숨에 가루가 되어 무너져 내렸다.

꽈르르르르릉!

대지가 흔들리며 주변의 나무들이 뿌리째 뽑혀 뒤집혔다.

진동은 멈추지 않고 계속 심해졌다.

급기야 바닥에 금이 가며 균열이 일었다.

간간이 사람들의 고함 소리도 들려왔지만, 숲이 토해내는 비명에 전부 먹혀 버렸다.

개미 한 마리 살아남을 수 없을 것 같던 수라장 속에서 두 개의 인영이 튀어나왔다.

붉은 가면과 검은 가면으로 얼굴을 가린 사내 두 명이었다.

그들 역시 페르소나 뱅가드 소속으로 카르혼에서 마법사들을 양성하는 선생이었다.

물론 두 사람은 뇌파만을 다룰 수 있기 때문에 마법에 대해서는 잘 모른다.

그들은 카르혼의 아이들에게 뇌파의 초기 단계를 가르친다.

뇌파의 초기 단계는 육신의 한계가 없다는 것을 인지한 뒤, 초인의 힘을 낼 수 있게 되는 경지까지다.

이 경지에 이르게 되면 선천적으로 타고나는 마나 친화력도 후천적 노력에 의해 증폭시킬 수 있게 된다.

중요한 건 그래봤자 라미안이 지금 마법사들에게 가르치고 있는 마나 사이펀보다 그 효능이 낮다는 게 문제다.

하나 어찌 되었든 카르혼의 학생들이 일반 마법사들보다 빠른 성장을 보인다는 것은 확실했다.

게다가 초인의 힘까지 얻게 되니 마법무투가가 탄생하게 되는 것이다.

마법은 가르테아 제국에서 페르소나 뱅가드의 인원과 함께 파견된 마법사들이 가르친다.

한데 카르혼에 있던 인원들은 아르디엔의 일격에 모두 죽고 딱 두 명만이 살아남았다.

그들은 아르디엔과 맞서려 하지 않았다.

단 한 방에 카르혼은 물론 학생들과 그들을 가르치던 마법사들, 그리고 페르소나 뱅가드 소속의 선생 한 명이 죽었다.

가면의 사내들도 겨우 목숨만 부지해서 빠져나온 것이다.

그런데 전의가 일 리 없었다.

재빠르게 도망치려는 이들의 퇴로에 잔상 같은 것이 일더니 아르디엔으로 변했다.

"헉!"

"흡!"

둘은 서로 약속이라도 한 듯 헛숨을 들이켰다.

실로 귀신같은 몸놀림이었다.

아르디엔의 양손이 앞으로 튀어나오더니 두 사람의 심장에 박혔다.

푸푹!

"크허헉!"

콰드득! 콰직!

아르디엔의 손 인에서 그들의 심장이 터져 나갔다.

카르혼의 마지막 생존자 두 명은 그렇게 허무한 죽음을 맞이했다.

두 번째 양성소를 정리한 아르디엔이 미련 없이 신형을 날렸다.

*   *   *

데니가엘은 전략 전문가들을 양산하는 기관이다.

조금 전까지는 그랬다.

그런데 지금은 시체만 가득한 폐허로 변했다.

그 아수라장의 중심에 아르디엔이 표표히 서 있었다.

이제 서서히 동이 트고 있었다.

아르디엔은 아무 일도 없었다는 듯 파보츠로 걸음을 옮겼다.

     *   *   *

마리엘이 향했을 곳은 불 보듯 뻔했다.

늦은 아침.

아르디엔은 커틀렉의 향신료점을 찾았다.

그는 향신료점에서 주거생활을 같이한다.

향신료점 안쪽 문을 열고 들어가면 그가 생활하는 공간이 나온다.

"안녕하세요, 백작님."

아르디엔을 보며 커틀렉이 자연스레 인사를 건넸다.

"크라임."

아르디엔이 그를 다른 이름으로 불렀다.

그러자 크라임의 눈빛이 날카로워졌다.

"무슨 일로 찾아오셨습니까."

"네게는 볼일이 없다. 마리엘이 여기 있지."

"그럴 리가요. 그녀와 친한 건 맞지만 아직 집으로 불러들일 만큼 막역한 건 아닙니다."

"크라임, 네가 마리엘과 같은 페르소나 뱅가드의 양성소에 있었다는 것도, 거기서 도망친 다음 소매치기 노릇을 하다 어쌔신이 되었다는 것도 알고 있다."

크라임의 얼굴이 딱딱하게 굳었다.

크라임은 이런 얘기를 마리엘과만 나누었다.

물론 사람들이 가득한 레인보우 펍에서 나눈 대화이긴 하지만 중요한 내용들은 다른 사람의 귀에 들어가지 않을 만큼 작은 목소리로 오고갔었다.

레인보우 펍은 장사가 잘돼 원체 시끌벅적하다.

그 속에서 마리엘과 크라임은 일반인보다 훨씬 뛰어난 청력으로 대화를 주고받은 것이다.

누구도 듣지 못했을 텐데, 대체 어떻게 그 이야기들이 새어나간 것인지 알 수가 없었다.

혹 주변의 사람 중 누군가가 둘의 대화를 경청하고 있었다면 크라임은 어쎄신 특유의 감각으로 모두 포착해 냈을 것이다.

당혹스러워하는 크라임에게 아르디엔이 말했다.

"정말 무서운 사람은 미소 속에 칼을 감추는 법이지. 바로 너처럼. 하지만 레인보우 펍에는 너보다 더욱 깊이 칼은 감춘 사람이 있다. 누구도 그 사람이 대단하다고 생각지 않지."

즉, 아르디엔이 지칭하는 그 누군가가 두 사람의 이야기를 듣고 그대로 전해주었다는 뜻이다.

커틀렉은 그게 누구인지 도통 짐작도 할 수 없었다.

그 사람은 바로 아로아였다.

아로아는 평범한 듯 비범한 여인이다.

아르디엔을 만나지 않았다면 해적단의 여두목이 되었을 테니 그릇의 크기야 더 말할 필요도 없었다.

레인보우 펍을 찾는 손님들에게 인지된 아로아의 이미지는 지독한 수전노의 예쁜 아가씨 정도다.

하지만 아로아는 펍 안에서 오고가는 손님들의 이야기를 전부 주의 깊게 들으며 그 안에서 아르디엔에게 도움이 될 만한 것들은 꼭 추려서 알려주곤 했다.

주방에서 일만 해도 각 테이블의 이야기들이 고스란히 들려왔다.

그게 가능한 것은 라미안의 마법 덕분이었다.

라미안은 펍의 홀에서 떠드는 모든 얘기들이 주방으로 전해질 수 있도록 마법을 인챈트해 주었다.

덕분에 아로아는 굳이 홀에 나오지 않아도 오가는 얘기들을 파악할 수 있었다.

그런데 아로아가 이런 마법을 라미안에게 부탁한 것은 아르디엔에게 도움이 되기 위해서가 아니었다.

그녀를 포함한 모든 종업원들이 정신없이 바쁠 때 가끔씩 돈을 내지 않고 도망가는 손님들이 있었다.

때문에 이러한 무전취식을 막기 위해서 가게에 마법을 인챈트한 것이다.

그 이후로 술을 먹던 손님들이 그냥 튀어버리자는 얘기가 들려오는 순간 아로아는 음식을 썰던 식칼을 들고 나가곤 했다.

아무튼 처음의 의도는 그러했지만 시간이 흐를수록 아로아는 술집에서 나누는 손님들의 얘기 중에 중요한 이야기들도 상당히 많이 오간다는 것을 알게 되었다.

크라임과 마리엘이 나누었던 대화도 그중 하나였다.

그래서 아르디엔에게 알려주었다.

"마리엘은 라우덴을 지키지 못했다. 그 상태에서 페르소나 뱅가드로 돌아갈 순 없었겠지. 분명히 책임을 물어 사형에 처할 테니. 그런 상황에서 마리엘이 숨을 수 있는 곳은 어디일까? 겁에 된통 질린 마리엘은 혼자서 죽음의 공포를 감내하기 힘든 상황이었다. 그렇다면 그녀가 올 만한 곳은 여기밖에 없지."

아르디엔의 말을 들으며 크라임이 고개를 끄덕였다.

"역시… 백작님이 라우덴에서 탈출한 그 소년이었군요."

"마리엘을 내주지 않는다면 너도 죽이겠다."

단순한 협박이 아니었다.

크라임은 잠시 생각했다.

자신의 능력으로 마리엘과 함께 이 사내에게서 도망칠 수 있을까?

대답은 불가능이었다.

"그녀의 목을 꼭 가져가야겠습니까?"

아르디엔은 주저 없이 고개를 끄덕였다.

"마리엘은 제국의 첩자다. 그라함 왕국을 무너뜨리기 위해 첩병들을 키웠다는 건 너도 잘 알고 있을 터."

크라임은 어떻게든 마리엘을 살리고 싶었다.

어느 순간부터 그녀가 크라임의 마음속에 들어왔다.

한 번도 마리엘에게 이런 내심을 내보인 적은 없었다.

누군가가 좋아졌다고 해서 좋다고 말하기 힘든 것이 현재 크라임의 입장이었다.

그는 위태로운 삶을 살고 있었다.

어쎄신의 일생이라는 게 그런 법이다.

괜히 마음을 주었다가 파국을 맞느니 차라리 평생토록 그 마음을 숨기는 것이 나았다.

그러한 크라임의 속내를 아르디엔은 눈 한 번 마주치는 것으로 읽을 수 있었다.

"마리엘을 데려와라."

아르디엔이 재차 말했다.

선뜻 이러지도 저러지도 못한 채 목석처럼 서 있던 크라임이 고개를 푹 숙였다.

그리고 무언가를 결심한 듯 말했다.

"그녀를 살려주십시오. 대신……."

"대신?"

"제가 당신을 모시겠습니다."

"나를 모시겠다?"

"크라임의 남은 평생을 당신께 바치겠습니다. 무엇이든 시키는 대로 하겠습니다. 누군가를 죽이라면 죽이고, 저더러 죽으라면 죽겠습니다. 당신의 개처럼 살겠습니다. 그러니……."

거기까지 말했을 때였다.

"그딴 소리 지껄이지 마."

크라임이 이를 꽉 깨물며 고개를 돌렸다.

어느새 마리엘이 그의 뒤에 서 있었다.

"역시… 네가 아르디엔이었어."

마리엘은 이글거리는 시선으로 아르디엔을 노려보았다.

"제 발로 나왔군."

아르디엔이 크라임을 지나쳐 마리엘에게 다가가려 했다.

마리엘은 아르디엔에게서 느꼈던 공포를 기억해 내고 주춤거리며 뒤로 물러섰다.

하지만 이내 주먹을 말아 쥐고서 당당히 대면했다.

"나 때문에 평생을 괴로움 속에서 살아갈 생각하지 마, 크라임. 내가 대체 너한테 뭐라고? 그냥… 그냥 편하게 살아, 등신아."

말이 참 쉬웠다.

그래, 여기서 모든 걸 없던 일로 하고 전처럼 살아가면 그만이다.

괜히 마리엘 때문에 아르디엔에게 목숨을 저당 잡혀 충성할 필요는 없었다.

그럼 만사가 편할 것이다.

단지 인생에서 마리엘이라는 여인 하나 사라지는 것뿐이다.

하지만 크라임에게는 그 하나가 더 컸다.

덥썩.

크라임이 마리엘에게 다가가는 아르디엔의 손목을 낚아챘다.

그 순간,

퍽!

"켁!"

섬광처럼 날아든 주먹이 그의 복부를 가격했다.

"쿨럭!"

단 한 방에 내장이 뒤틀리며 피를 토했다.

"그만해!"

마리엘이 소리치며 허리에 찬 채찍을 들어 휘둘렀다.

좌라락!

뱀처럼 날아든 채찍은 아르디엔의 몸에 닿지도 못하고 오러에 막혀 도로 튕겨나갔다.

아르디엔은 마리엘을 직시했다.

그녀는 공포에 맞서서 어떻게든 크라임을 지키려 하고 있었다. 그리고 크라임 역시 마찬가지였다.

아르디엔은 크라임의 머리채를 잡아 가게 안으로 던지고서 문을 닫았다.

안에서 잠금쇠를 걸어버린 뒤, 누구도 들어오지 못하게 했다.

아직까지 소동이 인 걸 본 사람은 없었다.

"어리석군, 크라임. 내가 네 말을 믿어줄 거라 생각했나?"

아르디엔의 서슬 퍼런 음성이 크라임의 가슴을 쿡쿡 찔렀다.

스르릉.

그가 그랑벨을 꺼내 들었다.

그리고,

서걱.

"크윽!"

크라임의 어깨를 벴다.

크게 벌어진 상처에서 피가 솟구쳤다.

그와 동시에 마리엘이 아르디엔에게 달려들었다.

지척까지 다다라 주먹을 휘두르던 마리엘이 갑자기 사라졌다.

그녀는 아르디엔의 뒤에서 다시 나타났다.

애초 아르디엔의 가슴을 노리던 주먹은 후두부를 목표로 짓쳐 들어갔다.

하지만 아리디엔은 뒤통수에도 눈이 달린 것마냥, 몸을 살짝 트는 것으로 이를 피했다.

동시에 팔꿈치를 휘둘렀다.

뻑!

"꺅!"

옆구리를 강하게 얻어맞은 마리엘이 벽으로 날아가 부딪혔다.

콰당!

"마리엘!"

마리엘에게 달려가려 하는 크라임의 목에 그랑벨의 날 끝이 닿았다.

아르디엔은 나직한 목소리로 말했다.

"마리엘, 크라임이 하는 말은 전부 들었겠지. 널 위해서 내게 충성을 바치겠다 하더군."

"웃기지마. 그딴 거 필요 없어."

"그럼 너희 둘에게 묻지. 지금 내가 한 사람만 살려주겠다고 한다면 누가 목을 내놓을 테냐."

아르디엔의 물음이 끝나기 무섭게 두 사람은 동시에 대답했다.

"내가 죽겠습니다."

"내가 죽겠어!"

조금 전까지도 죽기 싫다고 말하던 마리엘이었다.

한데 크라임을 위해서 목숨을 내놓겠다고 한다.

크라임 역시 마리엘을 살리기 위해 서슴없이 생명을 버리려 하고 있었다.

돌연 아르디엔의 몸에서 투기가 사라졌다.

그는 두 사람을 번갈아 보며 천천히 입을 열었다.

"서로를 그만큼이나 생각한다면 앞으로 더 한 위기가 찾아올지언정 상대의 마음을 배반하는 일은 벌어지지 않겠지. 내가 두 눈으로 직접 확인했으니. 크라임, 넌 오늘부터 내 사람이다. 그리고 마리엘 역시 내 그늘 아래서 안전하게 보살필 것이다."

"……."

아르디엔의 말에 크라임과 마리엘은 가슴속에서부터 뜨거운 무언가가 치솟는 것을 느꼈다.

그는 처음부터 크라임의 요구를 들어줄 생각이었다.

하지만 마리엘이 크라임을 어찌 생각하는지 알 수 없었기에 약간의 시험을 해본 것뿐이었다.

그것을 알아챈 크라임은 아랫입술을 꽉 깨물었다.

마리엘의 뺨 위로는 뜨거운 눈물이 흐르고 있었다. 그러나 마냥 안도하고 있을 순 없는 것이 마리엘의 입장이었다.

그녀는 지금 아르디엔의 행동이 도통 이해되지 않았다.

"왜… 그렇게 하겠다는 거지?"

"어차피 넌 이제 오갈 데 없어진 입장이야. 페르소나 뱅가드에 돌아갈 수도 없고, 이 년이 넘도록 찾아온 나를 만났지만 죽일 수 있는 실력도 안 되지. 기댈 구석이라곤 크라임밖에 없는데, 그를 살리기 위해 진심으로 목숨을 던지려 했어. 이미 너 역시도 크라임에게 마음을 주고 있었던 거잖아. 안 그런가?"

크라임이 놀라서 마리엘을 바라보았다.

"……."

그녀는 대답하지 않았다.

그것은 무언의 긍정이었다.

"이미 너는 페르소나 뱅가드의 기사로 살아갈 수 없다. 그들은 스스로의 감정보다는 명령에 따라 움직이는 존재들. 사람다운 모습이라고는 찾아볼 수가 없어. 그러나 너는 아니야. 그랬다면 크라임을 마음에 두지도 않았겠지. 그래서 안심하고 너희 둘을 거두겠다는 것이다."

"그런데 왜… 왜 지금이었지? 라우덴을 습격하려면 그전에도 얼마든지 기회가 있었을 텐데."

"하나 가정을 해볼까? 네가 크라임을 위해 목숨을 마치려 했던 것은 진실이었으나 살아가다 보니 마음이 바뀌어 다시 페르소나 뱅가드에 충성을 맹세하고 싶어졌다고 말이야. 물론 넌 그곳에 돌아가면 죽겠지만, 죽음을 각오하면서까지 나에 대한 사실을 알리려고 한다. 그렇게 될 경우 제국과 손을 잡은 그라함 왕국의 반란 귀족들은 물론이고 페르소나 뱅가드 내에서도 날 잡기 위해 혈안이 되겠지."

아르디엔은 말을 잠시 끊었다가 그랑벨을 검집에 넣었다.

그의 작은 행동 하나하나가 마리엘에게는 몹시도 신경이 쓰였다.

아르디엔은 그러거나 말거나 다시 이야기를 이어나갔다.

"그전까지는 내 존재가 수면 위로 부상해 제국의 공적이 될 경우, 그들과의 싸움에서 버텨낼 자신이 없었다. 만약 내가 혼자였다면 이미 일 년 전에 이런 일을 벌였겠지. 하지만 파보츠에 뿌리를 내리고 살면서 점점 연을 맺고 살아가는 이들이 많아졌고, 그만큼 난 모두를 지킬 만한 힘을 길러야 했다. 지금은 그러한 힘이 갖추어졌지. 무슨 말인지 알겠나? 날 믿고 뜻을 함께하는 사람들, 그들을 지킬 힘이 필요했다. 이제는 그러한 힘을 손에 넣었다."

크라임이 저도 모르게 고개를 끄덕였다.

크라임은 여태껏 아르디엔이 기다리는 건 자신을 지키기 위해서라고 생각했다.

마리엘에게도 그런 말을 했던 적이 있었다.

한데 아니었다.

그는 자신이 아닌, 주변 사람들을 지키기 위해서 힘을 기르며 때를 기다렸던 것이다.

아르디엔은 크라임이 생각했던 것보다 훨씬 거대한 그릇이었다.

그가 힘든 몸을 일으켜 정갈하게 섰다.

그리고 한쪽 무릎을 꿇더니 고개를 조아렸다.

"앞으로 아르디엔 백작님께 충성을 맹세하겠습니다."

"아르디엔 백작이라. 그래, 이제 그 이름을 다시 되찾을 때가 되었어."

자신을 쫓던 라우덴이 멸망했다.

마리엘은 아무것도 할 수 없는 처지가 되었다.

크라임이 아르디엔에게 충성을 맹세한 이상, 그녀 역시도 아르디엔의 사람이 되어야 한다.

그래야 아르디엔의 비호를 받으며 조금이라도 덜 불안한 생활을 영위할 수 있을 테니까.

"나 역시 널 받아들이겠다. 그리고 마리엘, 너 역시도."

마리엘은 선뜻 대답하지 못하고 고개만 살짝 끄덕이더니 별안간 정신을 잃고 쓰러졌다.

몇 번이나 죽음 앞에 맞서며 기력이 쇠한 탓이다.

아르디엔은 당장에라도 그녀를 안아들고 싶어 하는 크라임의 기색을 눈치챘다.

"그녀가 깨어나면 내 저택으로 오도록."

"알겠습니다."

대답을 들은 아르디엔이 향신료점의 잠긴 문을 열고 나갔다.

크라임은 역시나 얼른 마리엘에게 다가가 그녀를 품에 안았다.

"이제 다 끝났어, 마리엘."

곤히 잠든 그녀의 모습은 마치 어린아이 같았다.

*　　　*　　　*

아르디엔의 손에 의해 하룻밤 새, 그라함 왕국에 있던 첩병 양성 기관들이 사라졌다.

제국에서는 아직 이 사실을 모르고 있었다.

그라함 왕국 역시도 몰랐다.

아르디엔이라는 이름의 한 사람은 오늘 역사의 큰 줄기를 바꾸어 놓았다.

그라함 왕국에 말로 다 못할 기여를 했다.

하지만 이를 아는 이는 그와 함께 동행했던 이들을 빼고는
아무도 몰랐다.

그날 밤은, 사신이 다녀간 밤이었다.

Chapter 06
미궁 속의 사건

아르데엔 전기

다음 날.

크라임은 약속대로 마리엘과 함께 아르디엔을 찾아왔다.

마침 아르디엔은 집무실에서 베나엘과 대화를 나누는 중
이었다.

"앉지."

아르디엔은 두 사람을 소파에 앉게 했다.

그러자 베나엘이 티 나도록 헛기침을 흘렸다.

"허허험!"

자기를 소개시켜 달라는 뜻이다.

아르디엔이 베나엘을 슬쩍 보고서는 귀찮다는 듯 말했다.

"이쪽은 하멜 상단의 일을 도맡아 처리하는 상단주 베나엘."

"안녕하십니까요~ 베나엘이라고 합니다요."

베나엘이 머리에 다 들어가지 않아 살짝 걸쳐 놓은 모자를 위로 들었다가 다시 얹었다.

키는 짤막하고 배는 볼록 나온 데다 얼굴은 커다란 사람이 어울리지 않게 귀여운 행동을 하니 마리엘이 피식 웃고 말았다.

"난 마리엘."

"커틀렉이라고 합니다."

"아름다운 마리엘님~ 조각 미남 커틀렉님~ 잘 부탁드립니다요~!"

"베나엘, 잠깐 나가 있어. 일 얘기는 나중에 다시 하지."

"네네, 알겠습니다요. 그럼 소인은 물러갈 테니 편안히 담소들 나누십지요~!"

베나엘은 과장된 행동으로 인사를 건넨 뒤, 집무실을 나갔다.

"굳이 여기로 오라고 한 이유는 뭐야? 이제부터 네 심복이 된 사람들이 복종하는 꼴이라도 보고 싶은 거야?"

"마리엘."

크라임이 마리엘을 말렸다.

그러자 그녀가 못마땅한 듯 입을 다물고서 고개를 돌렸다.

아르디엔이 그런 마리엘에게 말했다.

"나와 함께 지내려면 지난날의 악감정은 모두 잊어버려. 그게 서로에게 좋을 테니. 그리고 난 네가 말한 그런 악취미는 없어."

"…없으면 다행이고."

"굳이 여기까지 오라고 한 건, 이제부터 너희도 내 가문의 사람이니 앞으로 편하게 지내라는 말을 하기 위해서였어. 내 허락 없이 저택에 들러도 되고, 힘든 일이 있으면 언제든지 얘기해. 내 힘이 닿는 데까지는 도와줄 테니까. 원한다면 저택에서 머물게 해줄 수도 있어."

"괜찮습니다. 제 집에서 지내는 것으로 족합니다. 신경 써주셔서 감사합니다."

크라임이 말을 하고서 마리엘의 어깨를 툭 건드렸다.

마리엘이 시선을 딴 데다 두고 마지못해 입을 열었다.

"고마워. 과거의 악감정을 지우기는 힘… 들지 않아, 사실. 그따위 거 알 게 뭐야. 라우덴에서도 가장 쿨했던 게 난데. 잘 알잖아? 그냥 심술이 좀 나서 그랬어. 그래도 나 너한테 존댓말을 못해."

"마리엘, 그래도 백작님인데."

"괜찮아, 크라임."

아르디엔이 크라임의 말을 잘랐다.

"편한 대로 해, 마리엘. 그리고 한 달 뒤에 저택의 홀에서 만찬회를 열 예정이야. 그때 두 사람도 꼭 참석해 줬으면 좋겠어."

"알겠습니다."

"만찬회? 그거 좋지. 맛있는 음식들로 꽉꽉 채워놔."

"음식은 레인보우 펍에서 조달할 거야."

"그래? 그럼 절대로 빠질 수 없겠네. 아, 그것보다 무슨 소일거리 같은 거 없어? 나 이제 백수야. 라우덴이 무너진 데다 혼자 살겠다고 도망쳤으니 페르소나 뱅가드와도 연 끊겼어. 돈 들어올 데가 없단 말이야."

"돈이라면 크라임에게 평생을 쓰고 남을 정도로 있을 텐데?"

아르디엔이 씩 웃으며 크라임을 바라봤다.

두 사람은 어제 아르디엔의 앞에서 서로의 마음을 확인했다.

상황이 그리 진행되었다면 이제 연인이나 다름없는 사이일 것이다.

말인 즉, 크라임의 돈이 마리엔의 돈이나 마찬가지 아니냐 농을 던진 것이었다.

"그건 내 돈 아니잖아."

"백작님 말씀대로 나 혼자 평생을 써도 남아돌 만큼 돈은 많아. 그러니까 네가 같이 쓴다고 해서 안 될 건 없어."

"괜찮겠어? 나 엄청 씀씀이 큰 여자야."

"괜찮아."

"하아, 정말 부담되지만 끝끝내 괜찮다고 할 거지?"

"응."

"그럼 이제부터 부담 안 가지고 막 쓴다?"

"얼마든지."

"좋아."

마리엘이 히죽 웃으며 크라임의 뺨에 입을 맞췄다.

쪽.

"당신, 제법 멋진 남자네."

크라임도 덩달아 미소 지으며 마리엘의 입술에 입을 맞췄다.

쪽.

"당신도 예뻐."

그리고 아르디엔이 말했다.

"둘 다 나가."

*　　　*　　　*

페르소나 뱅가드의 살인 기계와 어쌔신 중에서도 세 손가락 안에 드는 사신이 사랑에 빠지자 누구보다 닭살 돋는 커플이 되었다.

크라임의 향신료점이 있는 시장 거리에서는 그들의 닭살 짓거리가 늘 화제였다.

마리엘이 유난히 혀 짧은 소리를 내거나 귀여운 척 애교를 떠는 건 아니었다.

크라임도 그런 건 체질에 맞지 않았다.

하지만 그들은 남들이 보든 말든 자기가 하고 싶은 표현을 담담히, 아무렇지 않게 해버린다.

예쁘다, 잘생겼다, 귀엽다, 멋지다, 말로 표현하는 건 기본이다.

스킨십이 매우 찐하다.

남들 시선 따위 신경 쓰지 않고 키스를 하고 싶으면 키스하며, 안기고 싶으면 안긴다.

가끔은 향신료점에 손님이 왔는데도 아랑곳 않고 키스를 하다 그냥 보내 버리는 경우도 있었다.

시장터의 사람들이야 마리엘과 크리암의 진짜 정체를 모르기 때문에 그냥 닭살 커플이라 하고서 말아버린다.

하지만 그들의 본모습을 익히 아는 아르디엔의 입장으로

서는 밥맛 뚝 떨어지는 일이었다.

* * *

아렌 백작가는 한창 만찬회 준비로 분주했다.

만찬회의 예정일까지는 삼 주나 남았지만, 여유로울 수 없는 이유는 이번 만찬회에 전국의 모든 귀족을 초대했기 때문이다.

하인들 틈에 섞여 한참 일손을 거들던 아렌 백작가의 주방장 디노가 정원에서 이런저런 지시를 내리는 아르디엔에게 다가와 물었다.

"백작님 이렇게까지 크게 판을 벌일 필요가 있을까요?"

"걱정되나?"

"걱정이 되죠. 아렌 백작가라고 하면 치를 떠는 귀족들이 많을 텐데요."

아르디엔이 미소를 머금었다.

"주방에서 요리만 하는 줄 알았더니 제법 주워 들은 풍문이 많나 보군."

"저도 귀가 있는데요. 지금 백작님은 태풍의 핵이잖습니까. 반란 귀족들이 백작님을 경계하고 있는데, 연회장에 오려고 할까요? 그들이 안 오면 다른 귀족들도 눈치를 보느라 참석하지 못할걸요?"

그때 어디서 나타났는지 갑자기 끼어든 베나엘이 키득거렸다.

디노는 그게 자신을 비웃는 것 같아 기분이 언짢았다.

"왜 그렇게 웃으십니까?"

"그러니까 너는 하나만 알고 둘은 모른다는 거야."

"제가 뭘 모르는데요?"

"잘 보라구. 일단 삼대 성군께서는 당연히 오시겠지?"

"그렇겠죠. 아, 그래요. 알았어요. 삼대 성군께서 오시니 그분들을 지지하는 귀족분들도 올 것이다? 그렇다고 해도 반란 귀족들의 세가 더 막강할 텐데요?"

베나엘이 검지를 세워 좌우로 흔들었다.

"아니지, 아니지. 반란 귀족들도 반드시 오지."

"에이, 올 리가 없죠."

"혹시 그런 말 들어봤어? 적을 알고 나를 알면 백전백승이다."

"당연히 알죠."

"그럼 생각을 조금만 해봐. 아렌 백자님이 귀족이 된 이후 처음으로 여는 만찬회라구. 아렌 백작가의 돌아가는 분위기가 어떠한지, 아렌 백작님의 편에 누가 서려 하는지 파악하기 위해서는 반드시 참석해야 하지 않겠어?"

"아… 그게 또 그렇게 되나?"

"그럼~ 그럼."

베나엘이 고개를 끄덕였다.

아르디엔이 그의 말에 동조했다.

"베나엘의 견해가 옳아. 나도 그렇게 생각해. 아마 만찬회를 여는 동안 아렌 백작가가 미어터질 거야."

"하아… 그만큼 저도 쉴 틈이 없겠네요."

"만찬회가 진행되는 동안엔 레인보우 펍의 직원들이 와서 도와줄 테니 너무 걱정하지 않아도 돼."

"아, 그렇습니까? 그럼 한시름 놓겠네요."

"디노! 잡담할 시간 있으면 몸을 한 번 더 움직이게."

저 멀리서 디노를 발견한 집사 하틀란이 소리쳤다.

디노가 어깨를 잔뜩 움츠리고서는 얼른 일손을 도우러 갔다.

"베나엘, 상단의 일은 잘 돌아가고 있나?"

"그러문입죠. 한 치의 막힘도 없이 술술 풀리고 있습니다요."

"아직 내 저택에서 일한 지 한 달도 채 안 되지 않았나. 그렇게 장담해도 되는 건지 모르겠군."

"일한 건 한 달이지만 삼 년을 내다보고 있습니다요."

그건 그냥 점수나 따려고 하는 말이 아니었다.

베나엘은 정말로 삼 년 앞을 내다보며 상단을 꾸리고 있었다.

지금까지는 그가 계산한 것에서 일말의 빗나감도 없이 일이 진행되는 중이었다.

"상단보다는 용병단에 더 신경을 쓰심이 좋을 것 같습니다요."

"안 그래도 나흘 전에, 첫 일거리를 받아 하멜 용병단이 출정했다."

마렉이 이끄는 토네이도 용병단은 아르디엔의 밑에 들어오면서 기존에 있던 하멜 용병단과 합병했다.

그러면서 토네이도란 이름도 버렸다.

그들은 지금 할레나 영지에 오래전부터 부락을 이루고 살아가는 오크 무리의 토벌 의뢰를 받고서 출정을 나간 중이었다.

의뢰를 부탁한 이는 다름 아닌 알버트였다.

알버트는 심심찮게 인간 마을을 습격하는 오크들을 쫓아내고, 그 영토를 새롭게 개간할 셈이었다.

의뢰 비용도 넉넉하게 쳐주었다.

이제는 알버트 영주가 무슨 일을 한다고 하면 시청 공무원들이 예산을 아끼지 않고 책정해 주었다.

모두가 그를 철썩같이 믿고 있기 때문이다.

"이번 일을 시원하게 처리하면 앞으로도 계속 큰 일거리들이 들어오겠지요. 용병단의 운영이 흑자로 돌아서는 건 금방이겠지만, 백작님을 고깝게 보는 귀족들이 괜한 수작을 부릴까 걱정입니다요."

"말도 안 되는 일을 의뢰해서 곤경에 처하게끔 만들려고도 하겠지. 나도 충분히 주의하고 있는 바야. 하지만 어지간해서는 그런 수작질에 와해되지 않을 테니, 걱정하지 않아도 돼."

"그러믄입죠. 백작님과 마렉님이 알아서 잘 처리하실 거라 믿습니다요. 괜한 기우였습니다요. 헤헤, 그럼 전 처리할 일이 남아서 물러가겠습니다요."

베나엘이 고개를 푹 숙이고, 총총 걸음으로 물러났다.

아렌 백작가의 사람들은 여전히 바쁘게 움직였다.

아르디엔은 벌써부터 만찬회가 기다려졌다.

*   *   *

페르소나 뱅가드는 황실직속돌격대다.

그들은 황실에서 최고의 대우를 받으며 살아간다.

페르소나 뱅가드 내에서도 서열 10위권 안에 드는 헤드 헌터와 서열 1위 데스페라도는 늘 황제의 곁에 머물며 그를 보좌한다.

황제가 어디를 가든 그림자처럼 따라다닌다.

그들이 개인의 시간을 가질 수 있는 건 황제가 잠들었을 때만이다.

그때는 한 명씩 돌아가며 황제의 곁에서 경계를 선다.

밤이 내린 시각.

황제는 잠이 들었고, 겨우 헤드 헌터와 데스페라도에게도 자유가 찾아왔다.

* * *

황실 내 화려하게 꾸며진 커다란 방 안.

활짝 열린 발코니에 건장한 체격의 사내가 서 있었다.

화려한 색으로 치장한 옷을 걸친 그의 눈에는 무지갯빛 가면이 씌워져 있었다.

뿐만 아니라 팔목이며 손가락, 귀, 목, 발목마다 장신구가 주렁주렁했다.

과하다 싶을 정도로 자신을 꾸민 이 사내가 바로 페르소나 뱅가드의 리더 데스페라도 '세라핌'이었다.

그는 잠들기 전 발코니에 서서 가만히 하늘을 바라보는 것을 좋아했다.

똑똑.

누군가 문을 두들겼다.

세라핌이 머무는 방의 문을 두들길 수 있는 건 딱 두 명밖에 없었다.

그의 방을 치워주는 담당 하인과 서열 2위 미카엘이다.

"들어와."

세라핌의 명령에 문을 열고 들어선 것은 미카엘이었다.

그의 얼굴엔 황금색 가면이 씌어져 있었다.

헤드 헌터들에게 지급되는 가면은 다 황금색이다.

발코니 근처로 다가온 미카엘이 고개를 숙였다.

세라핌은 그를 돌아보지도 않고 물었다.

"보고해."

미카엘은 영리하고 똑똑한 사내다.

해서 어지간한 일들은 자신이 처리한다.

세라핌에게까지 넘어가도록 하지 않는다.

한데 이번에는 골치 아픈 일이 두 건이나 터졌다.

모두 보고하기에 영 께름칙한 안건들이 아닐 수 없었다.

하지만 전해야 한다.

"루시퍼가 배신했습니다."

"그래?"

미카엘은 당장 불호령이 떨어질 것이라 생각했다.

하지만 세라핌의 반응은 의외로 덤덤했다.

"의외군."

단지 그 말만 툭 던져 놨을 뿐이다.

무엇이 의뢰라는 건지 궁금했지만 미카엘은 성급하게 묻지 않았다.

그의 리더는 무언가를 묻는 걸 그다지 좋아하지 않았기 때문이다.

세라핌은 잠시 무언가를 생각하다 재차 입을 열었다.

"배신을 하더라도 몇 년 후가 될 것이라 예상했는데."

미카엘은 해머로 뒤통수를 한 대 맞은 기분이었다.

이게 대체 무슨 소리인가?

"세라핌님께서는 루시퍼가 배신할 것을 알고 계셨단 말입니까?"

순간 세라핌의 미간이 와락 구겨졌다.

자기도 모르게 질문을 해버린 미카엘이 황급히 입을 다물었다.

"두 번은 실수하지 마라, 미카엘."

"죄송합니다."

다행히도 세라핌은 경고를 하는 것으로 넘어갔다.

그러고서 무거운 침묵을 지키더니 서서히 입을 달싹였다.

"애초에 내가 왜 녀석에게 루시퍼라는 이름을 붙여줬겠어?"

"……!"

미카엘은 세라핌의 혜안에 감탄했다.

루시퍼는 본래 높은 계급의 천사였으나 반란을 일으키려다 실패하고는 지옥에 떨어져 악마가 되어버리는 존재다.

즉 미카엘은 루시퍼가 이미 배신할 것을 알고 그런 이름을 지어주었던 것이다.

'배반할 것을 알면서도 왜 페르소나 뱅가드의 기사로 들이셨습니까?'

그 말이 목구멍까지 올라왔지만 미카엘은 참았다.

가만히 참고 있으면 세라핌은 알아서 대답을 늘어놓는다.

바로 지금처럼.

"궁금하겠지. 왜 루시퍼를… 아니, 제피아를 받아들였는지."

미카엘은 루시퍼의 본명이 제피아였다는 것을 처음 알았다.

그는 철저하게 베일에 싸인 인물이었다.

페르소나 뱅가드의 사람들은 어렸을 적부터 함께 자랐기에 서로에 대해 모두 알고 있었다.

하지만 루시퍼만큼은 예외였다.

그는 페르소나 뱅가드 양성 학교에서 만들어진 이가 아니다.

페르소나 뱅가드가 출범하고 나서, 세라핌이 따로 키워 받아들인 사람이었다.

세라핌은 루시퍼에 대해 아무것도 이야기해 주지 않았다.

그리고 지금도 루시퍼 아니, 제피아의 신변에 대해 말하지 않았다.

하나 이름 하나만으로도 미카엘은 그의 정체를 파악할 수 있었다.

'제피아, 마도국 게르갈드의 국왕 루틴 니플헤임의 친동생.'

현 마도국의 국왕인 루틴과 왕좌를 놓고 싸우다가 패하는 바람에 마도국에서 쫓겨난 비운의 왕자.

그가 바로 루시퍼였다니.

충격이 아닐 수 없었다.

"내가 그를 페르소나 뱅가드의 울타리 안으로 들인 이유는 간단해. 배신하기 전까진 충분히 써먹을 수 있을 것 같았거든. 물론 지금은 조금 부족하단 감이 없잖아 있지만… 내가 들인 시간과 노력에 비해 훨씬 더 잘 써먹었어. 버려도 돼. 어차피 떠날 놈이었어. 그녀석의 머릿속엔 온통 제 고향과 아들 생각밖에 없지. 보고는 그게 다인가?"

세라핌의 말을 곱씹던 미카엘은 조금 늦게 대답을 하고 말았다.

"하나가 더 있습니다."

"해봐."

"라우덴과 카르혼, 데니가일이 괴멸 당했습니다."

"…뭐?"

세라핌은 미카엘의 말을 선뜻 이해할 수가 없었다.

그의 상식선에선 절대 일어날 수 없는 일이 일어났기 때문이다.

"라우덴, 카르혼, 데니가일이 괴멸 당했습니다."

미카엘은 앵무새처럼 했던 말을 반복했다.

세라핌이 한동안 굳어버린 석상마냥 침묵을 지켰다.

그 침묵이 미카엘을 무겁게 짓눌렀다.

"누구의 짓이냐."

갑자기 튀어나온 세라핌의 물음에 미카엘은 대답할 타이밍을 놓치고 말았다.

잠시 머뭇거리던 그가 가까스로 입을 열었다.

"아직 밝혀내지 못했습니다."

"밝혀내지 못했다?"

"네."

"세 기관이 무너진 경위에 대해 상세히 보고해."

"라우덴, 카르혼, 데니가일이 괴멸된 것으로 추정되는 시기는 일주일 전입니다. 세 기관은 하룻밤 새 동시에 괴멸 당했고 그곳을 습격한 세력의 어떠한 흔적도 찾을 수가 없었습니다."

"그게 말이 된다고 생각해?"

"……"

할 말이 없었다.

사실 보고를 올리는 미카엘 자신도 믿을 수가 없는 사실이었다.

미카엘 역시 밑에 사람에게 똑같은 보고를 받으면서 몇 번이나 고개를 갸웃거렸다.

그리고 세라핌은 미카엘이 보고를 받던 당시 아랫사람에게 했던 질문을 똑같이 되물었다.

"세 기관은 무적기사단과 마법사단, 그리고 책략가들을 키워내는 기관이다. 이미 무적기사단의 학생들은 오러 익스퍼트 중급의 경지에 올랐고, 마법을 익힌 학생들도 4서클의 경지에 이르렀다. 책략가들은 기사나 마법사들보다 힘이 없다고 하지만 뇌파의 기초 단계를 수료했으니 육신의 힘은 만만치 않을 터. 게다가 각 기관엔 페르소나 뱅가드의 기사들이 세 명씩 배치되어 있다."

"…그렇습니다."

"그 세 기관을 하룻밤 새 무너뜨리려면 어지간한 병력으로는 어림도 없어. 그리고 대병력이 이동할 시엔 반드시 그 흔적이 남게 마련이야. 설사 흔적을 모두 지웠다 하더라도 수사를 벌이면 그 시기에 어디의 누가 큰 병력들을 움직였는지 충분히 실마리를 잡을 수 있다. 한데 아무런 흔적도 발견하지 못했고, 누가 이런 짓을 지시한 것인지도 알아내지 못했다고?"

"…죄송합니다."

어처구니가 없었다.

어느 정도는 말이 되는 보고를 해야 믿든지 말든지 할 텐데, 이건 완전히 소설이 따로 없었다.

상식적으로 가능한 일이 아니었다.

하지만 페르소나 뱅가드의 기사가 조사를 허투루 했을 리도 없었다.

믿기 힘들어도 믿어야 한다는 얘기다.

그렇다는 건 지금 무언가 아주 중요한 것을 놓치고 있다는 얘기밖에 되지 않는다.

그때 미카엘이 세라핌의 기세에 눌려 미처 보고하지 못했던 사항을 꺼내놓았다.

"그리고 한 가지 더 있습니다만."

"말해."

"괴멸된 기관의 시체들을 살펴본 결과 거의 일방적으로 당한 듯했다고 합니다."

"일방적으로 당해?"

"그렇습니다. 전투를 벌였다기보다는 학살을 당했다고 판단된답니다."

세라핌은 생각했다.

과연 그라함 왕국에 세 기관을 하룻밤 새 무너뜨릴 수 있는 세력이 있을까?

적어도 그가 파악하기로는 존재치 않았다.

'혹시 군단이 아니라면?

혼자의 힘으로 그런 일을 벌일 수 있는 이들은 대륙 십존 정도의 사람들밖에 없었다.

하나 그들이 무엇 때문에 기관을 무너뜨린단 말인가?

생각을 하면 할수록 사건은 점점 미궁 속으로 빠져 들어갔다.

결국 이 상황에서 세라핌이 할 수 있는 말은 한 가지밖에 없었다.

"현장을 더욱 샅샅이 조사하도록 명해라. 작은 단서 하나라도 놓치면 안 된다. 아울러 그날 밤 은밀한 움직임을 보인 세력이 있는지도 다시 한 번 파악해라."

"알겠습니다."

미카엘은 괜한 불똥이 튀기 전에 서둘러 세라핌의 방을 벗어났다.

"대체 누구의 짓이란 말이냐."

홀로 남은 세라핌이 허공에다 말을 흘려보냈다.

그의 음성이 분노로 떨려왔다.

Chapter 07
되찾은 이름

만찬회가 오 일 앞으로 다가왔다.

이미 전국 각지의 귀족들이 속속들이 몰려와 파보츠의 여관은 인산인해를 이루었다.

파보츠의 거의 모든 여관이 다 들어찼을 정도였다.

아렌 백작가는 만찬회 날이 가까워질수록 점점 더 바빠졌다.

낮에는 거의 전쟁을 방불케 하는 광경이 온 저택에서 벌어졌다.

해가 지고 땅거미가 내린 다음에야 백작가의 사람들은 숨을 돌릴 수 있었다.

10월 중순의 밤바람은 제법 쌀쌀했다.

아르디엔은 그 서늘한 바람을 즐기며 정원에 홀로 서 있었다.

그때 어둠 속에서 모습을 드러낸 누군가가 발걸음 소리도 없이 귀신처럼 다가왔다.

제피아였다.

"이런 시기에 만찬회라. 재미있는 짓을 하는군."

아르디엔은 그가 찾아올 것을 이미 알고 있기라도 했던 것처럼 자연스레 대꾸했다.

"너도 참석해."

"이미 내가 배신했다는 페르소나 뱅가드 상부에 전해졌을 텐데, 숨어 다녀도 모자랄 판에 만찬회에 참석하라고? 아예 기름을 이고 불구덩이 속으로 뛰어들라고 하지?"

"이제부터는 내 그늘 아래 살고 있다는 걸 알리는 것이 더 안전할 거다."

"장담하지 마라."

"지난 달 이맘때쯤, 라우덴, 카르혼, 데니가일이 그라함 왕국에서 사라졌다."

"…뭐?"

제피아는 전혀 몰랐던 사실이다.

이미 페르소나 뱅가드 측과 연락을 끊은 채 숨어 지냈으니 그런 소식에도 둔감할 수밖에 없었다.

"설마……."

"그래, 내가 괴멸시켰지. 하룻밤 새."

선뜻 믿을 수가 없었다.

하지만 아르디엔의 눈은 거짓을 말하고 있지 않았다.

가만히 생각해보니 아르디엔은 7서클에 오른 아스크를 어린애 다루듯 쉽게 제압했다.

제피아 역시 아르디엔의 무력엔 범접할 수가 없었다.

제피아는 아직 단 한 번도 아르디엔의 진정한 힘이 어느 정도인지 제대로 확인하지 못했다.

그렇다면 그가 하룻밤에 세 개의 기관을 무너뜨린 것도 꼭 못 믿을 일은 아니었다.

"제대로 선전포고했군."

"하지만 그들은 내 존재에 대해서 모르지. 난 아무런 흔적도 남기지 않았다."

"……."

만약 다른 사람이 저런 말을 했다면 허무맹랑한 소리 하지 말라며 무시했을 것이다.

그러나 아르디엔은 달랐다.

그는 제피아가 지금껏 보아왔던 그 누구보다 강했다.

솔직히 지금에 와서는 데스페라도 세라핌도 아르디엔에겐 한 수 접어줘야 하지 않을까 하는 생각이 들 정도였다.

"하, 하하."

너무 황당한 일이 현실로 일어나니 너털웃음이 나왔다.

"두아즈 후작은 널 두려워했나?"

아르디엔은 이미 두아즈 후작과 제피아의 관계에 대해 모두 파악하고 있었다.

제피아가 고개를 끄덕였다.

"고양이 앞의 쥐 꼴이었지."

"만찬회에 참석할 때도 그 가면을 꼭 착용하고 나와."

말인 즉, 제피아가 아르디엔에게 붙었다는 것을 두아즈 후작에게 인지시키라는 것이었다.

그럼 두아즈 후작을 위시한 반란 귀족들은 대단한 혼란에 빠질 것이 분명하다.

하지만 반대로 제피아의 입장은 난처해질지도 모른다.

애초에 걱정했던 것처럼 그가 제국을 배신했다는 걸 만천하에 알리는 꼴이 되고 말테니까.

게다가 아르디엔 역시 제국의 눈에 확실히 찍히게 된다.

"왜 그런 모험을 하려는지 모르겠군."

"모험?"

아르디엔이 피식 웃었다.

"난 모험 따윈 하지 않아. 승산 없는 싸움은 시도하지 않는다."

제피아의 얼굴이 딱딱하게 굳었다.

지금 그는 광오한 말을 하고 있었다.

"제국을 상대로 싸우더라도 지지 않을 자신이 있다는 건가?"

"지지 않아. 이젠 그 누구도 날 건드리지 못한다."

"……!"

그 말을 듣는 순간 제피아의 온몸에 전율이 흘렀다.

감히 세상에 어떤 인간이 저런 말을 입에 담을 수 있단 말인가?

미치지 않고서야 그럴 수는 없었다.

제피아의 주먹이 저도 모르게 꽉 쥐어졌다.

'내가 가늠할 수 있는 그릇이 아니다.'

제피아는 이미 아르디엔에게 매료되어 있었다.

그렇지 않았다면 그의 제안을 받아들이지도, 그를 계속 찾아오지도 않았을 것이다.

'그래… 이미 오래전부터 그는 제국을 겁내지 않았어.'

아르디엔은 마도국의 왕자이자 제피아의 혈육인 아스크를 마도국의 국왕으로 만들어 주겠다는 약조를 건넸다.

그러니 제국을 떠나 자신에게 오라고 일렀다.

그때부터 이미 아르디엔은 제국을 두려워하지 않았었다.

두근. 두근. 두근.

제피아의 가슴이 뛰었다.

그는 이제 진정으로 아르디엔을 인정하고 말았다.

제피아가 쥐었던 주먹을 풀고, 아르디엔을 지나쳐 저택으로 나/가/나며 물었다.

"내가 지낼 방은 있나?"

아르디엔이 미소 지으며 답했다.

"물론."

"화려하지 않아도 좋고, 좁아도 좋아. 조용한 곳으로 내줘."

"얼마든지."

그렇게 제피아도 아르디엔의 사람이 되었다.

*　　　　*　　　　*

드디어 아렌 백작가의 만찬회가 열렸다.

저녁 무렵, 귀족들은 백작가로 몰려들었다.

삼대 성군과 반란 귀족 무리, 그리고 두 파를 따르는 귀족들이 저택의 홀 안에서 분위기를 살피며 음식과 술을 즐겼다.

분위기가 한창 무르익었을 때, 아르디엔이 모습을 드러냈다.

일순 홀에 흐르던 아름다운 선율이 웅장하게 바뀌며 단상에 오른 아르디엔에게 모두의 이목이 집중되었다.

음악이 잦아들고 정적이 내려앉았다.

아르디엔은 좌중을 찬찬히 둘러본 뒤, 입을 열었다.

"오늘 만찬회에 참석해 주신 귀족분들께 감사의 말씀을 드립니다."

짧은 인사말에 잔잔한 박수가 터져 나왔다.

고개 숙여 예를 표한 아르디엔이 다시 말을 이었다.

"만찬회라고 하지만 크게 대단할 것은 없습니다. 규모만 조금 성대하게 벌렸을 뿐이니, 편안한 마음으로 즐기시면 됩니다. 제가 굳이 이런 자리를 마련한 것은 여러 귀족 분들과 인사를 나누며 서로 알아가고 싶었기 때문입니다."

아르디엔은 잠시 말을 끊었다.

그리고 파티에 모인 인파 속에 섞여 있는 '그의 사람'들과 한 번씩 눈을 맞추었다.

그것은 일종의 신호였다.

시선을 교환한 이들이 천천히 자리를 옮겨 단상의 근처로 다가왔다.

"모든 분들께서 아시다시피 저는 평민이었습니다. 그리고 짧은 시간 동안 백작이라는 작위에 오르게 되었습니다. 그 과정은 말로 다 표현할 수 없을 만큼 격동적이었습니다. 앞만

보고 달려왔습니다. 그렇다 보니 여러 귀족 분들과 친분을 쌓고 교류의 물꼬를 틀 시간조차 없었습니다. 해서, 이 자리를 빌어 좋은 관계를 이어나갔으면 하는 바람입니다. 하나 제가 이 많은 분들과 일일이 인사를 나누며 자기소개를 하기에는 밤이 너무 짧을 것 같으니 모두가 제 목소리에 귀 기울여 주시는 지금, 상황을 정리하는 것이 현명할 듯합니다."

그 말에 간간이 웃음이 터져 나왔다.

"그전에, 제 곁에서 늘 저의 편이 되어주며 여태껏 저와 함께 힘겨운 역경들을 모두 이겨 나갔던 가족들을 소개시켜 드릴까 합니다."

아르디엔의 부름에 단상 밑에서 대기하고 있던 이들이 모두 올라왔다.

아로아, 케이아스, 라미안, 레나, 디스토, 마렉, 베나엘.

모두 아르디엔에게 커다란 힘이 되어주는 이들이었다.

아르디엔이 아로아의 곁에 가서 섰다.

"파보츠에 계시는 귀족 분들, 혹은 다른 도시에서 방문했다가 레인보우 펍을 찾은 분들은 모두 알고 있는 얼굴일 겁니다. 레인보우 펍 본점의 주인장이자 지독한 수전노라 소문이 난 아로아입니다."

아로아가 꾸벅 고개를 숙였다.

"그녀는 제가 아무것도 가진 것이 없을 때, 지낼 곳을 마련해 줬습니다. 그 덕에 전 파보츠에 자리를 잡을 수 있었고, 레인보우 펍을 공동으로 운영하며 모은 돈으로 아렌 백작가를 일으키는 초석을 다질 수 있었죠. 다음은 케이아스."

케이아스가 아르디엔에게 다가와 활짝 웃었다.

"이름만 들어도 이제는 모두가 아는 광속의 기사이자 제 호위기사입니다. 그리고 라미안 테네린."

케이아스가 라미안의 팔을 잡고 휙 끌어당겼다.

난데없는 케이아스의 행동에 중심을 잃을 뻔했음에도 라미안은 당황하지 않고 기품 있게 발을 놀려 아르디엔의 옆에 섰다.

"빛의 탑 소속이며 2년 전까지만 해도 리호른 백작님의 곁에 있다가 지금은 물심양면으로 절 도와주는 한편, 마나 사이편이라는 마나 축적법을 창안해 내어 제 백작가의 마법사들을 지도하고 있습니다."

라미안에 대한 소개가 끝나자마자 레나가 신이 나서 단상의 중앙에 나섰다.

"안녕하세요 귀족 여러분~ 레나 하리아멜이에요!"

"익숙한 이름일 겁니다. 그녀가 바로 미라클 플라워를 만들어내 아그니 병의 위협에서 그라함 왕국의 숱한 생명들을 지켜낸 플라워 마스터입니다."

레나에 대해 소개할 때는 여기저기서 작은 탄성이 터져 나왔다.

그만큼 레나의 공은 대단한 것이었다.

"디스토 라이판."

아르디엔의 호명에 디스토가 제 자리에서 살짝 앞으로 나서 고개를 숙였다.

"저는 그를 개인적으로 초신성이라 부릅니다. 단 한 번도 이런 천재가 대륙에 태어난 적은 없었기 때문이죠. 디스토는 마법과 오러, 그리고 정령술을 모두 익혔습니다."

아르디엔의 설명에 여기저기서 술렁이는 소리가 들려왔다.

그 자리에 있던 어떤 사람도 마법과 오러, 정령술을 동시에 익힌 사람을 본 적이 없었다.

대부분이 아르디엔의 말을 믿지 못하는 눈치였지만, 상관없었다.

아르디엔은 바로 마렉을 소개했다.

"마렉 크로거, 버서커 마렉이라는 이름으로 더 많이 불리죠. 원래는 토네이도 용병단의 단장이었으나 지금은 제가 만든 하멜 용병단으로 합병되어 그곳의 단장을 맡고 있습니다. 앞으로 힘이 필요한 일이 있다면 언제든지 용병 길드에서 하멜 용병단을 찾아주시길 바랍니다. 마지막으로 베나엘."

베나엘이 특유의 총총걸음으로 다가오다가 제 앞발에 뒷

발이 걸려 철푸덕 고꾸라졌다.

그러자 귀족들의 입에서 왁자한 웃음이 터져 나왔다.

베나엘은 사람 좋게 웃으며 머쓱하게 뒷머리를 긁적이고
선 얼른 허리를 숙여 인사했다.

"베나엘이라고 합니다요, 나으리들!"

"베나엘은 하멜 상단의 상단주를 맡고 있는 유능한 상인입
니다. 지금은 그가 아렌 백작가의 모든 재산을 관리하고 있
죠. 아, 그리고 개인적으로 제가 아끼는 몇몇 사람을 더 소개
시켜 드리려 합니다."

단상 위에 올라왔던 이들이 일제히 밑으로 내려갔다.

그리고 알버트가 올라왔다.

아르디엔과 눈인사를 건넨 알버트가 여기저기 손키스를
날리더니 크게 소리쳤다.

"안녕들 하십니까! 할레나 영지의 영주이자 파보츠의 시민
이기도 한 알버트 스트라이더입니다! 오늘 이 자리에 제 아버
지 레이먼 스트라이더 백작님께서도 자리를 한 것으로 알고
있습니다! 참고로 레이먼 백작님은 말보다 주먹이 먼저 나가
는 스타일이니 즐거운 마음으로 왔다가 쌍코피 터져서 돌아
가기 싫으시다면 되도록 신경 건들지 마시길 바랍니다~!"

알버트의 얼빠진 말에 귀족들은 어이없어 하다가 나중에
는 큭큭대며 웃음을 흘렸다.

"그런데 조금 전까지 저랑 잔을 나누던 아름다운 레이디께서는 어딜 가셨나요? 잠깐 단상에 올라갔다 내려오겠다고 했는데 그새 어디로… 아아! 거기!"

알버트가 검지로 홀의 구석을 가리켰다.

"거 어느 귀족의 자제 분이신지는 모르겠지만 떨어지세요! 그 레이디는 제가 꾀고 있었단 말입니다아!"

그때였다.

단상 위로 번개처럼 올라온 알버트의 호위기사 올리버가 손날로 그의 뒷목을 후렸다.

퍽!

"꽥!"

알버트의 몸이 축 쳐졌다.

올리버는 쓰러지는 알버트를 얼른 부축했다. 그리고는 '죄송합니다. 영주님께서 많이 취하셨습니다' 라고 말하더니 단상 아래로 잽싸게 내려갔다.

작은 소란이 정리된 이후, 아르디엔은 계속해서 다른 이들을 단상으로 불러 올렸다.

"커틀렉."

아르디엔의 부름에 마리엘과 손을 꼭 붙잡고 있던 커틀렉이 그녀의 이마에 입을 맞추고선 단상 위로 올랐다.

"소개해 드리겠습니다. 제가 아로아와 함께 레인보우 펍을 파보츠 최고의 펍으로 만들기까지의 숨은 공로자 향신료점 주인 커틀렉입니다. 만약 그가 절 고깝게 여겨 질 나쁜 향신료만 팔았다면 레인보우 펍을 찾은 손님들은 테이블 위에 돈 대신 침을 뱉고 나갔겠지요."

귀족들은 작게 웃음을 터뜨렸다.

오늘따라 아르디엔은 평소보다 더 농담을 많이 했다.

하지만 그 모습이 어색하지는 않았다.

마치 전부터 평소에 농담을 즐겨온 사람인 것만 같았다.

그래서 사람들은 아르디엔에게 위화감을 느끼지 못했다.

그렇기에 아르디엔이 지금 얼마나 대단한 상황을 연출하고 있는지도 알 수 없었다.

사람은 살아오며 기본적으로 몸에 배는 습관과 사상이라는 것이 있다.

그것들이 커지면서 개성이 되어버린다.

아르디엔에게도 분명히 그 개성이 있었다.

한데 그는 단상에 오르는 순간 지금까지의 개성과는 또 다른 개성을 보여주었다.

그것도 어설프지 않게.

만약 그가 연극을 한다는 느낌이 들었다면 사람들은 당장 위화감부터 느꼈을 테고, 아르디엔의 이야기에 제대로 집중하지 않았을 것이다.

한데 아르디엔은 그것을 가능하게 만들었다.

전혀 다른 옷을 입어도 자기 옷인 것마냥 딱 맞게 만들어버리는 능력.

사람이 사람을 상대하는 데 이것만큼 무서운 능력은 없었다.

아르디엔의 이러한 무기를 알아챈 건 상인 베나엘이 유일했다.

"정말 살 떨리는 분이라니까."

베나엘이 추위에 떨 듯 어깨를 감쌌다.

아르디엔의 이야기는 계속해서 이어졌다.

"심심한 농담이었긴 했습니다만, 가끔씩 그런 가정을 떠올려보면 치가 떨리곤 합니다. 전 커틀렉이 앞으로도 좋은 향신료만을 거래해 주길 바랍니다. 제 안 좋은 상상이 현실이 된다면? 그것이야말로 커틀렉이 제게 최악의 범죄를 저지르는 것이겠지요. 만약 그런 일이 벌어진다면 전 두 번 다시 커틀렉을 그의 이름으로 부르지 않겠습니다. 대신 이렇게 부르도록 하지요."

귀족들은 아르디엔이 또 어떤 우스갯소리를 하려는지 기대 가득한 얼굴이었다.

그 면면들 속에는 두아즈 후작도 있었다.

하지만 그는 기대하기보다 비꼬는 표정으로 아르디엔을

주시했다.

한데 아르디엔의 시선이 스르르 움직이더니 두아즈 후작의 시선과 맞닥뜨렸다.

두아즈 후작은 저도 모를 위압감에 흠칫 몸을 떨었다.

그 순간 아르디엔이 말했다.

"크라임."

그의 손이 옆에 서 있는 크라임의 어깨를 가볍게 두들겼다.

"향신료 때문에 레인보우 펍이 문을 닫는다면 난 그를 크라임이라고 부를 것입니다."

"크, 크라임……?!"

두아즈 후작은 그와 똑같은 이름을 가진 이를 알고 있다.

어쌔신 크라임.

그라함 왕국 세 손가락 안에 드는 밤의 사신.

아르디엔은 커틀렉을 크라임이라 말하며 두아즈 후작을 바라보았다.

'서, 설마 저자가…….'

두아즈 후작은 크라임을 살폈다.

하지만 아무리 봐도 평범한 장사치로밖에 보이지 않았다.

한데 그때 크라임이 두아즈 후작에게 한 줄기 매서운 살기를 쏘아 보냈다.

"큭!"

그에 놀란 두아즈 후작이 비틀거렸다.

"각하, 괜찮으십니까?"

두아즈 후작의 곁에서 그를 보좌하던 호위기사가 급히 부축하며 물었다.

"괘, 괜찮다."

두아즈 후작은 호위기사의 손을 뿌리치고서 다시 크라임을 노려봤다.

크라임에게서 쏘아지던 살기는 온데간데없이 사라졌다.

대신 그의 입가에 조롱 어린 웃음이 맺혀 있었다. 그 웃음은 분명 두아즈 후작에게 보내는 것이었다.

두아즈 후작은 확신했다.

'저놈이… 크라임이다.'

한데 아르디엔은 크라임을 자신과 친분이 있는 사람이라며 소개했다.

말하는 것을 보아하니 크라임의 정체 역시도 알고 있는 것 같았다.

즉 크라임은 아르디엔의 측에 붙어버린 것이다.

'대체 왜 크라임이……?'

일이 어떻게 돌아가는 건지 파악할 수가 없었다.

아니 그전에 크라임이 아르디엔과 손을 잡았다는 건 엄청난 문제였다.

'안 돼. 좋지 않게 돌아가고 있어.'

두아즈 후작은 당장 저택으로 돌아가는 순간 호위기사의 수부터 늘려야겠다고 생각했다.

아니, 그것만으로는 안 된다.

마법사들도 배치시켜 놓고 저택 곳곳에 마법 트랩도 설치해야 한다.

그렇지 않으면 언제 크라임의 손에 목이 잘릴지 모르는 일이다.

빠드득.

두아즈 후작이 이를 갈았다.

아르디엔은 크라임을 내려 보내고 또 다른 사람을 단상 위로 오르도록 했다.

그의 얼굴을 확인하는 순간 두아즈 후작은 지독한 공포를 느끼며 헛숨을 들이켰다.

"헉!"

황금 가면을 쓰고 단상 위에 올라온 이는 두아즈 후작이 그토록 두려워하던 존재였다.

제피아, 그에겐 루시퍼라는 이름으로 불리던 절대적인 존재가 아르디엔과 눈인사를 건네고 있었다.

제피아의 황금 가면 너머 자리한 눈동자가 두아즈 후작에게 향했다.

"허어어!"

두아즈 후작이 들고 있던 위스키 잔을 놓쳤다.

덥썩!

호위기사가 떨어지는 잔을 낚아채 다행히 깨지지는 않았다.

한데 두아즈 후작의 봄이 기둥 잃은 건물처럼 무너져 내렸다.

"각하!"

호위기사는 얼른 두아즈 후작을 품에 안아 일으켰다.

"각하, 아무래도 몸이 많이 안 좋으신 것 같습니다."

"으으……."

두아즈 후작은 호위기사의 걱정에 제대로 된 대답도 못한 채 신음만 흘러댔다.

"각하, 이만 돌아가서 휴식을 취하시는 것이 좋을 듯합니다."

"아, 아니. 아니야! 아니다! 이럴 수는 없어!"

두아즈 후작이 낮게 읊조리며 진저리쳤다.

"루시퍼님이… 루시퍼님이 왜 아렌 백작과……."

세상이 다 무너져 내리는 심정이었다.

그리고 보니 두아즈 후작은 아르디엔을 죽이란 명령을 완수하지 못했는데, 루시퍼는 그를 한동안 찾아오지 않았다.

처음에는 불안했고 나중에는 제국에 일이 있어 잠시 돌아
갔을 것이라 생각했다.

어떻게든 기회를 봐 루시퍼가 돌아오기 전에 아르디엔을
죽일 궁리만 하며 시간을 보냈다.

그런데 루시퍼는 아르디엔의 우군이 되어 나타났다.

이제 크라임이 문제가 아니었다.

루시퍼는 두아즈 후작에게 언제든 자신의 목을 가져갈 수
있는 사신 그 자체였다.

크라임의 밤의 사신이라 불린다지만 그보다 더 무서운 건
루시퍼였다.

죽음.

이제 두아즈 후작의 앞에 놓인 것은 그 외에 아무것도 없었
다.

아르디엔은 두려움에 질식할 것 같은 두아즈 후작을 지켜
보다 시선을 거두고 제피아를 소개했다.

"이분의 이름은 제피아라고 합니다. 사실 지금까진 저한테
크게 도움된 것이 없습니다. 하나 나중에는 아렌 백작가에 큰
힘이 되어줄 것이라 믿고 있습니다. 제피아는 충분히 그만한
능력이 있는 사람입니다. 이를 테면 보험을 들어놓은 것이죠.
물론 그 보험이 나중에 제 발등을 찍을지도 모르겠지만."

귀족들이 또다시 웃음을 터뜨렸다.

하지만 두아즈 후작은 웃을 수 없었다.

이미 두아즈 후작에게 이곳은 만찬회장이 아닌 지옥이었다.

아르디엔은 제피아를 단상 밑으로 내려 보냈다.

"이제 제 소개를 하도록 하죠. 긴긴 시간 인내하며 경청해주셔서 감사합니다. 안녕하십니까, 귀족 여러분. 저는 아렌 백작입니다. 하지만 사실 작위 앞에 붙은 제 이름은 여태껏 진실되지 못했습니다. 개인적인 사정으로 본명을 사용하지 못했습니다. 이제야 비로소 저는 제 이름을 찾으려 합니다. 다시 소개하겠습니다. 안녕하십니까, 귀족 여러분. 저는 아르디엔 하멜 백작입니다."

아르디엔.

라우덴을 나온 지 2년이 넘어서야 겨우 그 이름을 되찾게 되었다.

홀에서 그 이야기를 듣던 마리엘은 떨떠름한 얼굴이었다.

그런 마리엘의 어깨를 크라임이 안아주었다.

이름 뒤에 붙는 하멜이란 성은 아르디엔에게 여태껏 비밀로 남아 있는 하멜의 일족에서 따왔다.

어차피 지금 그의 상단과 용병단 모두 하멜이라는 이름으로 운영되고 있다.

해서 성도 하멜이라고 붙였다.

지금까지는 평민 출신의 성도 없는 귀족이었지만, 이제부터는 하멜 백작가라고 불리게 될 것이다.

귀족들은 고개 숙인 아르디엔에게 박수를 쳐 주었다.

반란 귀족들도 형식적이나마 박수를 쳤다.

하지만 단 한 명.

두아즈 후작만큼은 그럴 수가 없었다.

얼마 전까지만 해도 아르디엔은 그에게 크게 상대하기 힘든 인물이 아니었다.

한데 지금은 도저히 건드릴 수 없는 입장이 되어 버렸다.

"잘못됐어……. 잘못돼도 한참을 잘못됐어!"

"뭐가 잘못됐다는 겁니까?"

두아즈 후작의 옆에서 반갑지 않은 음성이 들려왔다.

칼토르 후작이었다.

그의 곁엔 베르체스도 함께였다.

"오래간만에 뵙네요, 두아즈 후작님."

베르체스가 일말의 존경심도 담겨 있지 않은, 오히려 경멸하는 투로 인사를 건넸다.

하지만 지금 두아즈 후작에게 그런 건 중요한 문제가 아니었다.

"아, 아아… 칼토르 후작이시군."

"묻는 말에 대답부터 해줬으면 합니다만."

"아무것도 아닙니다."

"지금 피곤에 쩌든 것이오, 많이 취한 것이오? 아니면 둘 다요? 도저히 정상적인 상태라고는 보이지 않소이다."

"아니, 전부 아닙니다. 난 멀쩡하고, 아무렇지도 않으니 걱정 안 해도 됩니다."

"귀하를 걱정하는 게 아니라 귀하께서 저조한 컨디션, 혹은 과도한 알코올의 섭취로 소란을 피우면 즐거운 만찬회가 엉망이 될 것을 염려하는 것이오."

"지금 비아냥거리는 겁니까?"

"알아듣는 걸 보니 아직 제정신이 조금은 남아 있는 모양이군."

계속되는 칼토르 후작의 냉대에 두아즈 후작의 주변으로 그를 따르는 귀족들이 모여들었다.

그에 칼토르 후작의 양 옆으로 레이먼 백작과 리호른 백작이 와서 붙어 섰다.

삼대 성군이 한데 모인 것이다.

삼대 성군의 뒤로는 다시 그들을 지지하는 귀족들이 따라 붙었다.

그러자 반란 귀족들의 패도 한데 뭉쳤다.

만찬회의 홀은 갑자기 반란 귀족들과 그 반대파의 두 세력으로 나뉘었다.

아르디엔이 단상 위에서 그 양상을 지켜보았다.

두 세력은 칼만 뽑지 않았을 뿐, 거의 서로를 씹어 죽일 듯 노려보며 기 싸움을 벌였다.

수적으로는 삼대 성군 측의 세력이 적었다.

하지만 기세만큼은 밀리지 않았다.

"뭔가 분위기가 좀… 이러면 안 되는데."

단상 아래에서 상황을 지켜보던 아로아가 중얼거렸다.

그녀는 혼잣말을 한 것이지만 아르디엔의 귀엔 전부 들렸다.

"서로 좋게 좋게 음식이나 먹고 술이나 마시면서 떠들 것이지 왜 붙으려 그래? 나 참, 매상 많이 안 나오겠네."

그 말에 아르디엔이 피식 웃었다.

사실 오늘 만찬회에 제공되는 음식은 전부 레인보우 펍 측에서 제공해 준 것이다.

더불어 아르디엔은 만찬회에서 음식이 고갈되는 즉시 레인보우 펍에서 바로바로 채워줄 것을 요구했으며, 그것들을 모두 계산해 주겠다 약속했다.

한데 분위기가 싸늘해져서 음식들을 먹지 않으니 아로아의 심기가 불편해진 것이다.

하여튼 당장 칼부림이 나도 이상하지 않을 분위기에서 음식을 더 파느냐 못 파느냐만 생각하고 있는 것이 보통 담이 큰 여인이 아니었다.

아르디엔은 그녀에게서 시선을 돌려 케이아스, 라미안, 마렉, 디스토, 제피아, 크라임, 마리엘을 차례대로 바라봤다.

그리고 단상에서 내려왔다.

Chapter 08
피의 숙청

날을 세운 채 대적하고 있던 두 세력 사이에 아르디엔이 끼어들었다.

그러자 그의 양옆으로 하멜 백작가의 주요 인물들이 죽 늘어섰다.

두아즈 후작은 아르디엔과 크라임, 제피아의 얼굴을 번갈아 보고서는 아찔해 지는 정신을 겨우 다잡았다.

여기서 밀리면 안 된다.

확실하게 기선 제압을 해야 앞으로가 편할 수 있다.

"아렌 백작, 아니, 이제 하멜 백작이라고 불러야 하나?"

"편하신 대로 부르시죠."

"참 오만방자하군. 자네는 처음부터 그랬지. 한데 지금 이건 뭐하자는 건가?"

"뭐가 말입니까?"

"어디 감히 내 앞에서 고개를 빳빳이 쳐들고 행동하느냔 말이야!"

"전 후작님보다 작위가 낮을 뿐, 같은 귀족입니다. 한데 고개를 조아리란 말입니까?"

"대체 자네가 백작의 작위를 얻은 지 얼마나 됐는가? 아직 햇병아리라 잘 모르는 모양인데 같은 작위의 귀족들 사이에서도 지켜야 할 법도와 예의가 있네. 백작이라고 다 같은 백작이 아니란 말이야!"

"하고 싶으신 말은 그게 답니까?"

"뭣이? 이놈이 그래도 끝까지 오만방자하게……!"

콰아아아아아아아앙!

두아즈 후작의 머릿속에서 번개가 치는 것 같은 아찔한 소리가 진동했다.

하지만 실제로 번개가 친 건 아니다.

사위는 고요했다.

그럼에도 두아즈 후작은 하던 말을 마무리 짓지 못하고서 굳어버렸다.

아르디엔의 몸에서 기묘한 기운이 폭사된 것이다.

그것은 비욘드 소울이었다.

두아즈 후작뿐만이 아니었다.

비욘드 소울에 짓눌린 모든 반란 귀족의 세력이 공포에 짓눌렸다.

털썩! 털썩!

강단이 없는 이들은 무릎을 꿇고 주저앉았다.

오줌을 지리는 이도 있었다.

몇몇은 게거품을 물고 쓰러졌다.

두아즈 후작은 그런 꼴사나운 모습을 보이지 않기 위해 피가 나도록 입술을 깨물며 버텼다.

'이, 이건 대체……!'

사실 당장에라도 미쳐 버릴 것 같았다.

지금 두아즈 후작의 시야엔 아르디엔밖에 들어오지 않았다.

그 앞에서 자신은 개미보다도 작은 존재처럼 느껴졌다.

그만큼 아르디엔의 존재가 어마어마한 태산같이 다가왔다.

이런 공포는 루시퍼에게서도 느껴보지 못했다.

이전까지만 해도 루시퍼가 가장 신경 쓰였던 그였다.

한데 지금 루시퍼는 보이지도 않았다.

'주, 죽는다⋯⋯.'

자신의 생살여탈권은 아르디엔에게 있다는 것이 당연하게 인정되었다.

이것이 영혼 자체를 억압하는 극의의 기운 초월령, 비욘드 소울이었다.

"지금 오만방사라 하셨습니까?"

아르디엔이 물었다.

하지만 두아즈 후작은 대답할 수가 없었다.

손가락 하나라도 잘못 까딱였다간 집중력이 흐트러져 그대로 까무러칠 것 같았다.

"우습군, 두아즈."

아르디엔이 갑자기 두아즈 후작을 하대했다.

하지만 그것에 놀라는 이는 아무도 없었다.

반란 귀족의 세력들은 비욘드 소울에 눌려 제정신이 아니었다.

삼대 성군을 따르는 귀족들은 아르디엔의 저택에 들어서기 이전부터 상황이 이렇게 될 것이란 걸 알고 있었다.

사실 칼토르 후작이 두아즈 후작을 도발한 건, 의도적이었다.

그는 만찬회가 열리기 사흘 전날 파보츠에 도착했다.

그리고 베르체스와 함께 아르디엔을 찾아가 담소를 나누

었다.

한데 아르디엔이 그에게 은밀한 이야기를 꺼냈다.

만찬회를 여는 목적에 대한 것이었다.

아르디엔은 만찬회에서 반란 귀족 세력을 한 번에 숙청할 것이라 말했다.

하니, 칼토르 후작은 두아즈 후작을 도발해서 두 세력이 자연스레 나뉘도록 해달라 부탁했다.

삼대 성군과 두아즈 후작의 반란 귀족들이 과열 양상을 보이면 귀족들은 자기가 지지하는 쪽으로 서게 되어 있다.

그것으로 역심을 품은 반란군들을 가려내어 일거에 숙청하려는 심산이었다.

이미 왕성으로는 마렉의 하멜 용병단과 라미안의 마법사단, 그리고 케이아스에게 훈련을 받은 하멜 백작가의 사병과 기사단을 보내두었다.

하멜 용병단은 부단장을 맡고 있는 유일한 여자 용병 체스카가 관리했고, 마법사단은 마법을 익힌 테사르 디스토가 머리를 맡았다.

사병과 기사들은 그들 중에서 가장 실력이 뛰어난 기사단장 페스토치가 이끌었다.

그 세 병력의 수가 총 육백이었다.

하지만 개개인의 실력을 따져 보았을 때 그 백 배 이상 되는 병력도 충분히 상대할 수 있을 정도였다.

하멜 용병단이야 말할 것도 없이 최강의 용병 군단이다.

마법사단의 인원들은 열심히 마나 사이펀을 노력한 끝에 전부 3서클 이상의 수준에 다다랐다.

3서클 마법사 한 명이면 일반 병사 백 명을 상대하고도 남음이 있었다.

더불어 하멜 백작가의 병사와 기사들은 케이아스의 지옥 훈련 덕에 단 한 명 예외 없이 오러를 구사하는 무서운 군단이 되어 있었다.

물론 오러를 다루는 수준이 겨우 비기너 급에 속하지만, 그것만 해도 대단했다.

그라함 왕국의 어느 귀족도 오러를 다루는 이로만 만들어진 병사나 기사단을 거느리는 자가 없었다.

물론 오러 익스퍼트 하급의 기사를 많이 보유한 귀족들은 존재했다.

하지만 그 귀족의 밑에 있는 군사들 전부가 오러를 다루지는 못했다.

사실 삼 년 전까지만 해도 왕성에는 오러 기사단이 있었다.

그들은 전부 오러를 사용하는 익스퍼트 급 이상의 실력자들로 이루어진 최정예 기사단이었다.

그러나 두아즈 후작이 오러 기사단을 와해시켰다.

오러 기사단의 인물들이 반란을 모의했다는 누명을 씌워 몇몇은 투옥시키고 몇몇은 목을 쳤으며, 또 몇몇은 작위를 빼앗았다.

어찌 되었든 그런 상황이다 보니 하멜 백작가의 군사는 충분히 대단하다고 말할 수 있었다.

이 세 개의 군단이 왕성으로 향했다.

지금쯤이면 충분히 도착하고도 남을 시간이었다.

반란 귀족의 우두머리들은 지금 하멜 백작가의 홀에 모여 있었다.

때문에 왕성에는 제대로 된 우두머리가 없는 상황이다.

그렇다고 해도 성을 지키는 병력들이 제법 많겠으나 그건 문제가 되지 않는다.

이미 마법사단에게는 라미안이 따로 만들어서 건네준 마법스크롤이 백여 개나 들려 있었다.

모두 6서클의 어마어마한 공격 마법이다.

거기서 끝이 아니다.

"마리엘."

아르디엔의 말에 마리엘이 크라임과 제피아에게 팔짱을 꼈다.

그리고 공간 이동 능력으로 그들과 함께 사라졌다.

세 사람은 눈 깜짝할 새에 왕성을 옹립하고 있는 수도 러스트리움에서 다시 모습을 드러냈을 것이다.

재미있게도 왕성으로 향한 세 사람은 전부 페르소나 뱅가드 출신이다.

크라임은 페르소나 뱅가드에서 수업을 받다가 그림자 속으로 스며드는 기술, 섀도우 워커의 능력을 익힌 뒤 도망쳤다.

그리고 어쌔신으로 살아왔다.

레드는 계속 페르소나 뱅가드의 기사로 살아가다 라우덴이 무너지면서 아르디엔의 그늘로 들어왔다.

제피아는 마도국에서 왕좌를 놓고 다투다 패한 뒤, 페르소나 뱅가드에 몸을 의탁했다.

그는 데스페라도 세라핌에게 뇌파의 기술을 익힌 뒤, 제국을 위해 활동하다가 지금은 아르디엔의 사람이 되었다.

페르소나 뱅가드에서 만든 걸출한 인재들 셋이 왕성을 함락하러 떠난 이들을 지원하게 되었으니 전투는 훨씬 쉬워질 것이다.

이제 아르디엔은 눈앞에 있는 반역의 무리만 정리하면 된다.

그의 손이 그랑벨의 손잡이를 그러쥐었다.

"오만방자란 바로 널 두고 하는 말이 아니더냐. 국왕이란 무엇이냐? 한 나라의 주인이 되는 사람이다. 그런데 넌 주인을 몰라보고 목줄을 물어뜯으려 했다. 왕성이 네 것이라도 되는 양 손바닥에 쥐고 흔들려 했다. 네가 태어나고 자란 그라함 왕국을! 제국에게 팔아넘기려 했다! 그런데 그런 네놈이… 감히 오만방자하다는 말을 타인에게 지껄인단 말이냐!"

아르디엔이 말끝에 발을 굴렀다.

콰아아아아아아앙!

그가 짓밟은 대리석 바닥이 깊게 파였다.

쩌저적! 쩌적!

파인 곳을 중심으로 반경 1미터가량의 바닥에 금이 가며 아래로 푹 꺼졌다.

털썩.

결국 두아즈 후작은 더 버티지 못하고서 쓰러지고 말았다.

아르디엔은 그랑벨을 꺼내 들었다.

시린 날이 두아즈 후작의 미간을 노렸다.

"숙청을 시작한다, 개자식들아."

그리고 그랑벨이 잔상을 남기며 그어졌다.

"……"

거짓말 같은 광경이었다.

반란 귀족들을 여태껏 이끌며 최고의 권력을 자랑하던 두아즈 후작의 머리가 목에서 떨어져 바닥을 굴렀다.

비욘드 소울의 힘에 숨조차 제대로 쉬지 못하던 귀족들의 정신이 일순간 멍해졌다.

픽!

아르디엔의 발이 두아즈 후작의 머리를 짓밟아 터뜨렸다.

머리를 잃은 몸뚱이는 피를 분수처럼 뿜어내며 뒤로 넘어가 파들파들 떨었다.

그리다 움직임이 멎었다.

죽었다.

언제까지도 반란 귀족들을 이끌어줄 것 같던 두아즈 후작이.

누구도 건드리지 못할 것이라 여겼던 두아즈 후작이.

그렇게 허무하게 죽어버렸다.

채채채채채채채챙!

삼대 성군을 위시한 국왕파의 귀족들이 일제히 검을 꺼내 들었다.

그에 대응하기 위해 반란 귀족 무리도 검을 뽑았다.

채채채챙!

하지만 개중 제대로 자세를 잡고 선 이는 단 한 명도 없었다.

아르디엔이 앞으로 천천히 걸어 나갔다.

그리고 그랑벨이 휘둘러졌다.

투툭.

반란 귀족 두 명의 목이 다시 땅에 떨어졌다.

그것을 신호로 국왕파의 귀족들이 일제히 반란 귀족 무리에게 달려들었다.

우와아아아아아!

반란 귀족들은 비욘드 소울로 인해 제대로 저항 한 번 못해 본 채 죽어 나갔다.

그것은 일방적인 학살이었다.

항상 군림하는 위치에서 남의 불행을 즐기며 살았던 무리가 일거에 청소되고 있었다.

쓰레기들을 제거하는 손속에 망설임은 없었다.

아르디엔은 그 지옥도 속을 산책하듯 거닐었다.

그랑벨은 여전히 잔상을 남기면서 움직였고 그때마다 한두 명의 목을 꼭 떨어뜨렸다.

＊　　　＊　　　＊

만찬회에 초대된 반란 귀족들이 모두 처리되는 데는 십 분도 걸리지 않았다.

두아즈 후작을 비롯, 반란 귀족을 이끄는 열두 귀족 중 한 명은 몇 달 전 크라임에게 죽임을 맞았다.

남은 것은 두아즈 후작을 포함한 열한 명의 귀족.

그런데 그중 아홉이 만찬회에 참석했다.

그들은 모두 싸늘하게 식은 시체가 되었다.

반란 귀족의 핵심 인물 중 남은 건 이제 두 명이었다.

숙청이 끝난 뒤, 아르디엔은 그랑벨에 묻은 피를 털어내곤 검집에 넣었다.

그리고 빈란 바닥을 구르는 수급 하나를 들어 올렸다.

"이제 우리는 병들어가는 나라를 되살릴 것입니다. 역도들에게 빼앗긴 왕권을! 오래도록 조롱당했던 신성한 왕권을 국왕 폐하께 다시 되찾아드릴 것입니다! 우리의 조국! 그라함 왕국을 위해서!"

아르디엔의 외침에 귀족들이 일제히 따라 소리쳤다.

"그라함 왕국을 위해서!"

"그라함 왕국을 위해서!"

"하멜 백작 만세!"

"우와아아아아!"

만찬회장은 반역도들의 손에서 나라를 되찾고자 하는 이들의 뜨거운 열기로 가득 찼다.

그들은 어젯밤부터 오늘이 다가오기를 손꼽아 기다렸다.

아르디엔이 만찬회에서 반역도들을 숙청할 것이란 계획을 어제서야 들을 수 있었기 때문이다.

칼토르 후작은 이 일을 최대한 은밀하게 진행해야 했기 때문에 거사를 치르기 하루 전날, 정말 믿음직한 귀족들에게만 살짝 귀띔을 해두었다.

다행스럽게도 정보는 새나가지 않았고, 계획했던 대로 숙청을 할 수 있었다.

아르디엔이 수급을 바닥에 던지고서 좌중을 둘러보았다.

"이제부터 전 그라함 왕국으로 향할 것입니다. 오늘! 밤이 내리면 제가 미리 출병시킨 군단이 왕성과 전쟁을 벌일 것이고, 해가 뜨기 전에 성을 정복하겠지요. 국왕께선 그 어느 때보다 편안하고 기꺼운 마음으로 나라를 구한 여러분을 맞을 준비를 해놓으실 겁니다. 진짜 만찬회는 바로 그곳! 왕성에서 열리게 될 것입니다. 전 한발 앞서 왕성으로 향할 테니, 여러분께서는 천천히 입궁하십시오."

말을 마친 아르디엔은 케이아스, 마렉과 함께 홀을 나섰다.

라미안과 디스토, 레나, 아로아는 저택에 남아 뒷정리를 하고 혹시 모를 습격에 대비하기로 했다.

애초부터 그렇게 이야기가 되어 있었다.

아르디엔이 일행이 지나가는 길을 귀족들이 모두 터주었다.

"하멜 백작님!"

그가 홀의 입구에 다다랐을 때, 베르체스가 불러 세웠다.

아르디엔엔에게 다가온 베르체스가 그 어느 때보다 포근

한 미소를 지었다.

"고마워요."

그녀의 말에 삼대 성군이 약속이라도 한 듯 동시에 고개를 끄덕였다.

삼대 성군뿐만이 아니었다.

뜻을 함께하는 귀족들 모두 감시의 눈빛을 아르디엔에게 보내며 똑같은 행동을 반복했다.

"저도 고맙습니다."

"이번 일이 끝나면 많은 얘기를 나누고 싶어요."

"그렇게 하지요."

대답을 마친 아르디엔이 다시 걸음을 옮겼다.

홀을 나서는 그의 뒤로 귀족들의 뜨거운 박수와 환호성이 터져 나왔다.

*　　　*　　　*

먹구름이 달을 가려 유난히 어두운 밤이다.

이런 날일수록 크라임의 능력은 더더욱 빛을 발한다.

하멜 백작가에서 출병한 군단은 왕성 근처에 매복해 있었다.

다들 출발할 때부터 여행자로 위장해서 리스트리움에 들

어섰다.

이후, 밤이 찾아온 다음 다시 왕성 근처에 모여 제대로 된 전투 복장을 갖춰 입었다.

마리엘과 크라임, 제피아가 그들과 합류했다.

"내가 성문을 열지."

말을 마친 크라임이 그림자 속으로 녹아들었다.

그의 능력 섀도우 워커였다.

크라임이 사라진 뒤, 마리엘이 제피아에게 물었다.

"감히 올려다보지도 못하던 헤드 헌터랑 이렇게 둘이 있으니 기분 이상하네."

"이상할 거 없어. 똑같은 사람이다."

"본명이 제피아라고 했었나?"

"넌 마리엘이었지."

"맞아."

마리엘과 제피아는 일전에 한 번 레인보우 펍에서 마주친 적이 있었다.

제피아는 혼자 식사를 하고 있었는데, 크라임과 함께 온 마리엘이 덥석 합석을 했다.

처음에는 제피아가 누군지 몰랐다.

그저 아르디엔의 저택을 찾아갔다가 몇 번 마주친 기억이 있어서 말이라도 섞을까 싶어 합석했던 것이다.

한데 몇 마디를 나누다 보니 제피아가 실은 헤드 헌터 중 한 명인 루시퍼였음을 알게 되었다.

제피아 역시 마리엘이 라우덴의 선생이었다는 것을 알았고, 이후 두 사람 사이엔 오고가는 이야기들이 없었다.

어찌 보면 유대감이 형성되어 더 친해져야 하는 게 맞다.

하지만 페르소나 뱅가드 내에서 보냈던 기억들은 추억하고 싶지 않은 것들뿐이었다.

마리엘도, 제피아도.

이후로 둘은 마주쳐도 되도록 아는 척을 하지 않았다.

한데 이렇게 둘만 남게 되니 괜한 어색함이 찾아왔다.

그 어색함을 깨려고 마리엘은 계속해서 대화를 이끌었다.

"페르소나 뱅가드에서 이상한 움직임은 없어?"

"아직까지는. 어쩌면 이미 움직이고 있는데 내가 파악 못한 것일지도 모르지."

"만만히 볼 집단이 아니니까."

"그나저나 네 능력이 공간 이동이었다면 페르소나 뱅가드에서 충분히 도망칠 기회가 있었을 텐데. 네 남자친구처럼."

"그렇지. 나뿐만이 아니야. 마음만 먹으면 페르소나 뱅가드 양성소에서 도망칠 수 있는 녀석들이 제법 있었어."

"한데 왜 도망치지 않은 거지?"

"겁쟁이라서."

"그렇군."

제피아는 그게 무슨 뜻인지 알아들었다.

그러나 마리엘은 굳이 설명을 덧붙였다.

"그 세상 밖으로 나가 어떻게 살아야 하는 건지 알 수가 없었어. 우리는 아무것도 모르는 갓난아기일 때부터 양성소에서만 자랐으니까. 크라임은 갓난아이일 때 페르소나 뱅가드로 들어온 게 아니었어. 우리 중에 나이가 가장 많았는데, 세 살 때 부모를 잃고 거리에 버려졌었대. 그런데 그런 크라임을 페르소나 뱅가드 양성소의 관계자가 보고 거두어들인 거야."

"크라임은 그래서 양성소 바깥세상을 기억하고 있었군."

"응. 결국 섀도우 워커의 능력을 각성하자마자 도망쳐 버렸어. 하지만 난 바깥 세상에 대한 두려움이 너무 컸어. 다른 아이들도 마찬가지였고. 머리가 더 자란 다음 바깥세상이 어떤 곳인지 알고 난 다음엔 페르소나 뱅가드의 기사로서 뼈를 묻겠다고 스스로 맹세한 뒤였지. 다른 인생 같은 건 관심도 없었어."

마리엘이 잠시 말을 끊고 한숨을 내쉬었다.

"하아~"

그녀는 이제 제피아가 입을 열어주길 바랐다.

하지만 그는 침묵을 지킬 뿐이었다.

결국 마리엘이 다시 말을 꺼냈다.

"아무튼 내 이야기는 그게 다야. 그런데 그쪽은 아무리 생각해 봐도 기억 속에 없는 얼굴이야. 헤드 헌터 중 한 명이라고 해도 어차피 어렸을 땐 우리랑 같이 수업을 받았을 텐데. …아니, 우리랑 같은 나이이긴 한 거야? 아니지?"

"난 이미 성인이 된 다음 페르소나 뱅가드에 입단해 뇌파를 배웠다."

"뭐? 그런데 헤드 헌터 중 한 명이 되었다고?"

"게다가 서열 3위였지."

"어떻게 그럴 수가 있어?"

"그게 타고난 천재성이라는 거야."

"잘난 척은. 그래서 능력이 뭔데?"

"몬스터 버서커. 몬스터 컨트롤."

"구체적으로 말해줘."

"몬스터를 광폭화시켜 외형과 성격, 성질을 더욱 강인하고 잔인하게 만들어 버리지. 그리고 그런 몬스터들을 조종할 수 있어."

"라우덴에도 비슷한 능력을 가진 녀석이 있었는데. …그놈은 너무 밝혔어. 뭐, 지금은 아르디엔에게 목 잘리고 귀신이 되었지만."

그때 성문이 열렸다.

그림자를 타고 성벽을 넘어간 크라임이 임무를 완수한 것이다.

"어? 성문 열렸다."

"돌격하라!"

하멜 용병단의 부단장 체스카가 창을 높이 들고 소리쳤다.

"우와아아아아아!"

용병들이 함성을 높이며 성문을 향해 뛰어들었다.

체스카가 그 무리에 섞이며 선창했다.

"우리는 전장에서 태어났고!"

그러자 다른 용병들이 이어 고함을 질렀다.

"전장에서 죽는다!"

용병들이 무서운 기세로 앞장서자 기사와 병사들이 그 뒤를 따랐다.

마법사단은 테사르의 인도 하에 가장 마지막으로 움직였다.

"우리도 가볼까?"

마리엘이 웅크렸던 몸을 일으키며 제피아에게 물었다.

"그런데 크라임이 섀도우 워커로 성에 숨어 들어가는 것보다 네 능력으로 들어가는 게 더 낫지 않았을까?"

"난 가봤던 곳만 공간 이동할 수 있어."

"그렇군."

잡담을 끝낸 두 사람이 동시에 신형을 쏘았다.

크라임은 아군들이 성안으로 진입할 때까지 성문을 닫으려 드는 왕성의 기사, 병사들과 싸웠다.

사실 싸웠다기보다는 크라임이 일방적으로 죽였다고 하는 게 더 맞는 말이었다.

어둠이 지배하는 세상에서 크라임은 한줄기 흑풍이었다.

성벽 주변엔 심장이 뚫리거나 목이 잘린 시체들이 사방에 늘어져 있었다.

하멜 백작가의 군사들이 모두 정문 안으로 들어섰다.

그러자 제2성벽을 지키고 있는 왕국군의 병사들이 성루에서 일제히 화살을 쏘아댔다.

그들은 크라임이 제1성벽인 외벽 안으로 들어섰을 때도 몰랐다.

문을 지키는 문지기들이 죽어 넘어졌을 때도 침입자가 있음을 인지 못했다.

아무런 명령도 없었는데 성문이 갑자기 내려진 이후에야 뭔가 잘못됐다는 걸 알았다.

제2성벽을 책임지는 기사단장은 이 사실을 왕실에 알렸다.

왕성에 남아 있던 두 명의 반란 귀족 토메오 콴 백작과 잭밀레인 자작은 느닷없는 습격 소식에 후다닥 제2성벽으로 뛰쳐나갔다.

아니, 그러려 했다.

하지만 그들이 도착했을 땐 이미 제2성벽도 점령당하고 제3성벽에서 농성전이 벌어지는 중이었다.

성벽의 성루로 오른 두 귀족이 돌아가는 상황을 살피려 고개를 떨구었다.

그런데,

"어?"

갑자기 성벽 밑의 지면이 코앞으로 다가왔다.

퍼퍽! 콰직!

두 귀족의 머리가 동시에 잘려 나가 성벽 아래로 떨어진 것이다.

피를 뿜어내는 몸뚱이는 한 박자 늦게 떨어져 바닥에 널브러졌다.

"콰, 콴 백작님께서 죽었다!"

"밀레인 자작님! 자작니이이임!"

"밀레인 자작님께서도 적의 기습에 당하셨다!"

여기저기서 절망에 빠진 병사들의 외침이 들려왔다.

그때 왕성의 객실에서 잠자코 있던 늙은 귀족 한 명이 서서히 몸을 일으켰다,

Chapter 09
되찾은 왕권

아르디엔 전기

"끄으윽!"

"달려~! 달려~!"

그것은 아르디엔의 허리를 잡은 채 끌려가는 마렉의 신음과 케이아스의 신 난 함성이었다.

아르디엔은 하멜 백작가를 나서자마자 마렉에게 자신의 허리를 잡으라 일렀다.

마렉은 서, 설마 또 그걸?이라는 눈으로 아르디엔을 바라보았다.

아르디엔이 고개를 끄덕였고, 마렉은 한숨을 푹 내쉬며 허리를 잡았다.

그러자 케이아스가 마렉의 허리에 매달렸다.

아르디엔은 지체 없이 달려 나갔다.

마렉과 케이아스는 엄청난 풍압으로 허공에 둥둥 떠서 허리를 잡은 양팔에 힘을 꽉 주었다.

이르디엔의 목적지는 수도 러스트리움.

무려 세 시간을 이렇게 달려왔다.

이제 목적지까지 얼마 남지 않았다고 아르디엔이 말했다.

그 한마디가 마렉에겐 큰 위안이 되었다.

*   *   *

"쏴라! 절대 적들을 안으로 들이지 마라!"

"사격하라!"

"기름을 부어라!"

제3성벽에서는 정신없는 공성전이 벌어지고 있었다.

전쟁이라는 것은 아군과 적군의 목숨을 모두 앗아가게 마련이다.

중요한 것은 얼마나 적은 피해로 전쟁의 승리를 거머쥐느냐 하는 것이다.

놀랍게도 여태껏 제3성벽까지 다다르며 하멜 백작가의 군사들은 단 한 명 목숨을 잃지 않았다.

부상을 입은 이는 있었으나 그 상처조차 경미했다.

모든 것은 마렉 용병단을 지휘하는 체스카의 뛰어난 용병술과 라미안이 미리 만들어 주었던 마법 스크롤 덕분이었다.

마법 스크롤 중엔 공격 마법 스크롤만 있는 게 아니었다.

보호 마법이나 보조 마법 스크롤도 많이 있었다.

보호 마법이 배리어를 만들어 날아드는 화살과 장거리 무기들을 막아주었고, 보조 마법이 병사들의 신체 능력을 높여주었다.

마렉 용병단이나 하멜 백작가의 군사들이나 기본적으로 뛰어난 힘을 자랑한다.

육신을 그만큼 열심히 갈고닦았기 때문이다.

한데 보조 마법으로 그 힘이 십수 배가 되어버리니 거의 날아다니다시피 했다.

하지만 이제부터가 문제였다.

갑작스런 기습에 뒤늦게 출동한 왕실마법사단 백명이 제3성벽의 성루에 올라선 것이다.

왕실마법사단장 벤자프는 휘하의 마법사들에게 공격 명령을 내렸다.

"화염으로 적을 섬멸하라!"

화염이라는 것은 화염 계열의 공격 마법을 일제히 퍼부으란 뜻이다.

어떤 계열의 마법을 사용해야 할지 정해주지 않으면 자칫 화속성 마법과 수속성 마법을 동시에 시전했다가 상성이 맞지 않아 파괴력이 떨어지는 경우가 생긴다.

해서 적을 공격하기 전엔 늘 마법의 속성을 정해주어야 한다.

마법사들이 일제히 자신 있는 화염 계열 공격 마법을 시전했다.

"파이어 레인!"

"파이어 캐논!"

"인페르노!"

"파이어 웨이브!"

"파이어 볼!"

백 명의 인원이 동시에 화염 마법을 구사하자 성루의 바닥은 불바다가 되었다.

콰아앙!

퍼엉!

콰르르르릉!

쉴 새 없이 폭음이 터지며 대지가 떨렸다.

하늘에서는 불의 비가 내리고 있었다.

땅에서는 불길이 치솟아 올랐다.

붉은 버섯 구름이 몇 번씩 생겨났다가 사라졌다.

그 뜨거운 포화 속에서 살아남을 수 있는 사람은 없었다.

벤자프는 완벽하게 적들을 제압했다 믿었다.

하지만 방심은 금물.

여전히 지옥불이 타오르는 성루의 아래에 7서클 화염 마법을 시전했다.

"라그나 블라스트!"

시전어와 함께 하늘에서 거대한 빛의 오망성이 그려졌다.

오망성을 이루는 빛은 점점 더 밝아지더니 초고열의 하얀 불길이 땅으로 작렬했다.

콰르릉!

콰아아아앙!

라그나 블라스트의 영향으로 타오르던 불길의 규모가 두 배 이상 커졌다.

도저히 사람이 살아남을 수 있는 상황이 아니었다.

한데 이상했다.

'마법사가 한 명도 죽지 않았다.'

벤자프는 백마법사이므로 마나의 기운을 느낄 수 있었다.

왕성을 침입한 적군들 중엔 마법사들도 있었다.

한데 그들의 마나가 전혀 사라지지 않았다.

그때, 한줄기 광풍이 일더니 영원히 꺼질 것 같지 않던 불길을 단숨에 흩뜨리고 제압했다.

그러자 달빛을 받아 드러난 광경에 벤자프는 놀라고 말았다.

어디를 살펴도 사상자가 전혀 없었다.

모두 한 손에 무기를 꼬나 쥐고서 흉흉한 눈길을 성루에 보내고 있었다.

그리고 그들 사이엔 조금 전까지 없었던 삼 인이 섞여 있었다.

아르디엔, 케이아스, 마렉이었다.

아르디엔의 손엔 그랑벨이 들려 있었다.

조금 전의 돌풍은 아르디엔이 오러를 바람의 기운으로 치환시켜 일으킨 것이다.

"아렌 백작?"

벤자프가 아르디엔을 알아봤다.

"오래간만입니다, 벤자프님."

아르디엔도 그를 알아보고서 인사를 건넸다.

그다지 크지 않은 목소리임에도 그의 음성은 사위로 쩌렁쩌렁 퍼져 나갔다.

"지금 이게 뭐하는 짓입니까?"

"뭐하는 짓으로 보이십니까?"

"신성한 국왕 폐하께서 계시는 왕성을 습격하다니! 이것은 반란이오!"

"반란이라? 그것은 두아즈 후작을 위시한 간악한 무리가 여태껏 행해온 작태들을 일컫는 것 아닙니까. 물론 두아즈 후작과 손을 잡은 당신한테도 해당되는 말일 테고."

"무엄하오! 지금 나와 왕실의 관료대신들을 능멸하는 것이오!"

"사실을 말하는 것도 능멸이 되는가?"

"말을 삼가시오, 아렌 백작! 그대는 돌이킬 수 없는 잘못을 저지르고 있소이다!"

"그 말 그대로 돌려주지."

"이노옴!"

벤자프가 노호성을 터뜨렸다.

하지만 아르디엔은 그런 벤자프의 모습이 우습기만 했다.

벤자프는 지금 화만 내고 있었다.

머리가 조금만 돌아가는 인간이라면 아르디엔을 확인한 즉시 화를 내기 전에 먼저 물어볼 것이 있었을 텐데 말이다.

마법사들은 다 똑똑하다더니 그것도 아닌 모양이었다.

"두아즈 후작의 개가 되어 왕권을 유린하고 제국의 끄나풀 노릇이나 한 것을 부끄러워 할 줄 모르고서 감히 누굴 꾸짖는 것이냐! 천하의 패륜도 그러한 패륜이 없을 터인데 무엇이 떳떳해서 날 굽어본단 말이냐! 어서 내려와 무릎 꿇고 고개 조

아려 네 죄를 이실직고하지 않는다면 당장 그 목이 떨어질 것이다!'

"네가 정녕 이 왕국의 주인이 누구인지 확인시켜 주어야 그 입을 다물겠느냐!"

이제는 벤자프도 막말을 서슴지 않았다.

하지만 아르디엔의 다음 말에 입을 다물고 말았다.

"두아즈 후작을 말하고 싶은 건가? 한데 이상하지 않나? 오늘은 내 저택에서 만찬회가 열리는 날인데 나는 지금 이곳에 있다. 두아즈 후작은 어떻게 되었을까?"

"……!"

벤자프의 눈이 크게 떠졌다.

"지, 지금 무슨 말을……."

"두아즈 후작을 비롯, 만찬회에 찾아온 더러운 반역도들은 전부 죽었다."

"더러운 소리로 날 현혹시키려 들지 마라!"

"현실을 부정하려면 그리해라. 굳이 내가 널 설득시킬 필요는 없을 테니. 그리고……."

아르디엔이 그랑벨의 끝을 벤자프에게 겨누었다.

"너와 왕실마법사단 역시 두아즈 후작의 뒤를 따라가게 될 것이다."

"시끄럽다! 화염으로 적을 섬멸하라! 플레어!"

벤자프가 명령을 내린 즉시 마법을 시전했다.

플레어 역시 7서클의 화염 마법이다.

다만 라그나 블라스트가 광범위 마법이라면 플레어는 단일 대상을 뜨거운 지옥불로 단숨에 녹여 버리는 마법이었다.

아르디엔은 마법이 시전되는 순간 위로 높이 솟구쳤다.

조금 전까지 그가 있던 자리에서 보랏빛 화염이 뿜어져 나왔다.

단 한 번의 도약으로 성루의 높이까지 날아오른 아르디엔이 그랑벨에 오러를 주입했다.

검날을 감싼 푸른빛의 기운이 급격히 확장되더니 폭 1미터, 길이 10미터나 되는 거대한 마나의 검이 만들어졌다.

성루에 있던 병사와 기사, 왕실마법사단의 모든 이가 그 무지막지한 오러의 검을 보고서 넋이 나갔다.

"숙청한다."

그것은 사형 선고였다.

아르디엔이 그랑벨을 휘둘렀다.

검에 입혀진 오러가 성루의 사람들을 우르르 베어 넘겼다.

강렬한 오러는 스치는 것만으로 육신을 산산조각 내버렸다.

단 한 번 검을 움직였을 뿐인데, 수십의 사람이 죽었다.

그것이 시작이었다.

아르디엔의 손에 들린 그랑벨이 보이지도 않을 만큼 빠르게 움직였다.

하지만 이번엔 전과 달리 죽어나가는 사람이 아무도 없었다.

그랑벨에서 검기가 사라졌다.

아르니엔은 그랑벨을 검집에 집어넣었다.

벤자프는 눈을 껌뻑껌뻑거리다가 고개를 갸웃했다.

그 순간,

콰르릉! 콰지직!

"크억!"

"아아악!"

"쿨럭!"

성벽이 와르르 무너져 내리는가 싶더니, 성루에 있던 이들의 몸이 수 조각으로 토막 났다.

여러 조각으로 나뉘어 원래의 형태도 알아볼 수 없을 정도로 처참했다.

영혼이 빠져 나가고 고깃덩이가 되어버린 육신은 무너지는 성벽 더미에 깔려 짓이겨졌다.

벤자프라고 예외는 아니었다.

"빌어먹을……. 쿨럭!"

한마디 욕을 내뱉은 그가 피를 토했다.

그리고 사지가 떨어지고 목이 잘리더니 돌 더미 속에 깔렸다.

콰지끈!

벤자프의 머리가 성벽의 파편에 깔려 터져 나갔다.

성벽은 모두 허물어져 먼지구름이 자욱이 일었다.

단 한번, 아르디엔의 공격으로 모든 것이 정리되었다.

"진군하라!"

케이아스가 신이 나서 외쳤다.

우와아아아아!

병사들이 고함을 지르며 무너진 성벽을 넘어 제4성벽을 향해 진격했다.

*　　　*　　　*

그라함 왕국의 왕실에는 오래전부터 두아즈 후작파에도, 삼대 측에도 속하지 않은 늙은 귀족이 살고 있었다.

잘봐 줘도 뒷방 퇴물 같은 행색의 늙은 귀족은 품위라곤 찾아볼 수도 없는 낡은 의복을 걸치고 있었다.

분명 귀족들이 입는 옷이긴 하나 너무 오래된 데다가 여기저기 때가 껴서 미관상 영 좋지 않았다.

게다가 나이 탓인지 허리도 구부정하게 휘었다.

한 손엔 제법 굵고 긴 나무 지팡이가 들려 있었다.

그마나 백발은 뒤로 깔끔하게 넘겼다.

흰 수염이 턱밑으로 길게 늘어져 있는데 머리까지 봉두난발이었다면 그야말로 거지가 따로 없었을 것이다.

주름이 자글자글한 얼굴로 주변을 살피며, 지팡이에 몸을 의지해 느릿느릿 왕성 밖으로 나온 늙은 귀족은 다시 성루로 향했다.

늙은 귀족이 왕성을 지키는 마지막 성벽인 제4성벽에 도착했을 땐 이미 제3성벽까지 점령당한 이후였다.

그가 성루에 올라 아래를 내려다봤다.

성벽 주변으로 생소한 무리가 진을 치고 있었다.

"댁들은 누구요오오오~!"

늙은 귀족은 마치 누굴 마실이라도 나온 것처럼 물었다.

그에 목숨 걸고 전투에 임하던 왕성의 기사와 병사들은 진이 쫙 빠지는 기분이었다.

"그러는 댁은 누군데!"

잠시 소강상태에서 전열을 재정비시키던 체스카가 되물었다.

"나는 고르다스 페나트리앙 대공이라네."

페나트리앙 대공은 현 그라함 왕국의 국왕인 말레스 페나트리앙의 친형이다.

원래 왕좌의 주인은 말레스가 아닌 고르다스였다.

하지만 고르다스는 어렸을 적부터 왕실의 일에는 관심이 없었다.

머리가 커서는 즉위식을 계속 미루며 왕실 밖으로 나가 여행만 하고 다녔다.

그에 상심한 국왕은 고르다스를 포기했다.

그리고 고르다스 밑의 두 동생 중 한 명을 어좌에 앉히기로 마음먹었다.

한데 셋째 왕자는 첫째, 둘째와 나이 차이가 한참 나는 늦둥이인지라 결국 둘째 왕자를 어좌에 앉혀야 할 상황이었다.

하지만 무슨 하늘의 장난인지 둘째 왕자는 어좌를 물려받기로 한 그해 유행병에 걸려 세상을 뜨고 말았다.

결국 남은 건 첫째인 고르다스와 스물다섯 상이나 차이가 나는 말레스 왕자밖에 없었다.

말레스의 당시 나이는 열여덟.

어좌에 앉히기엔 너무 어린 나이였으나 국왕의 몸이 갈수록 쇠약해지는 바람에 어쩔 수 없이 말레스를 새로운 국왕으로 추대했다.

그리고 다음 해, 어좌를 물려준 선대 국왕인 말레스의 아버지는 세상을 떠났다.

말레스 국왕은 어좌를 차지하긴 했으나 너무 어렸고, 그때엔 이미 페나트리앙 왕가의 힘이 많이 약해진 상황이었다.

고르다스는 말레스가 국왕이 된 이후에도 밖으로만 나돌았다.

그러는 사이 왕실은 완전히 반란 귀족들에게 장악되었다.

세월은 흘러 말레스 국왕도 나이를 먹었다.

그만큼 고르다스 역시도 나이를 먹게 되었다.

고르다스는 예순의 나이가 되어서야 방랑벽을 버리고 왕실에 틀어박혔다.

일단 왕가의 핏줄이긴 하니 그는 대공의 위치에 오르게 되었지만, 사실상 아무도 그를 대공으로 대우해 주지 않았다.

고르다스 역시도 누군가에게 대접받을 생각은 없었다.

그는 왕실의 유령처럼 조용히 죽어지냈다.

아무도 그를 경계하지 않았고, 감시하지 않았다.

고르다스도 죽음이 자신을 부를 때까지 왕실의 일엔 관여하지 않을 것이라 다짐했다.

자신을 격동시키는 일이 벌어지지 않는 한은 말이다.

그런데, 그런 일이 벌어졌다.

고르다스가 왕실을 쳐들어온 일단의 무리에게 자신의 이름을 말했다.

그러자 아르디엔이 얼른 무릎을 꿇어 고개를 조아렸다.

"백작 아르디엔 하멜이 고르다스 페나트리앙 대공을 뵈옵니다."

아르디엔의 행동에 다른 이들도 일제히 무릎을 꿇었다.

고르다스는 그런 아르디엔의 행동을 가만히 지켜보다 물었다.

"왜 왕성을 뒤흔들어 놓는가."

"잘못된 것을 바로잡으려 했을 뿐입니다."

"무엇이 잘못되었는가?"

"모두가 아는 바를 행하지 못한 것이 잘못입니다."

"그래서 자네는 모두가 아는 것을 행하고 있는가?"

"그러기 위해 이곳에 왔습니다."

"그렇구만. 보아하니 왕실마법사단도 전멸했고, 콴 백작과 밀레인도 자작도 죽어버린 모양이군. 제3성벽은 아예 흔적도 없이 무너졌구만, 저 돌 더미에 깔려 저세상 배를 탄 이들도 상당하겠지. 이제 그나마 왕성에서 병사들을 지휘할 수 있는 건 나밖에 없는데… 왕성에서 아무도 이 늙은이를 반겨주는 이는 없다네."

그러자 아르디엔이 고개를 들고 일어서서 고르다스 대공을 향해 미소 지었다.

"만나 뵙게 되어 영광입니다, 대공 각하. 왕성에 오기 전 레이먼 백작님께 대공의 이야기를 들었습니다. 그라함 왕국에서 레이먼 백작님의 무위가 얼마나 극강한지 모르는 이는 아무도 없을 것입니다. 그 무예를 사사해 준 분이 바로 고르다스 대공 각하라 들었습니다."

아르디엔의 말에 고르다스 대공도 미소를 머금었다.

아르디엔은 만찬회를 열기 하루 전, 삼대 성군과 만남을 가졌다.

만찬회에서 숙청을 벌인 뒤 이후의 계획들을 삼대 성군에게 말해주기 위해서였다.

그 자리에서 레이먼 백작은 고르다스 대공에 대한 이야기를 꺼냈다.

"철없던 시절 방랑벽을 이기지 못해 전국을 돌아다녔었지. 그때 이제 막 소년티를 벗은 꼬마와 연이 닿았네. 배짝 마른 몸으로 덩치 좋은 녀석들과 시비가 붙어 싸우는데 형편없이 두들겨 맞던 꼴이 어찌나 불쌍하던지. 난 그 꼬마를 도와주었네. 한데 이 녀석이 그다음부터 내게 무술을 가르쳐 달라 지겹게 들러붙더군. 그래서 난 물었네. 내가 무술을 가르쳐 주면 넌 내게 무얼 해줄 거냐고. 그랬더니 이놈이 뭐라고 했는 줄 아는가?'

고르다스 대공이 과거의 나날을 회상하는 눈빛으로 먼 곳을 바라보았다.

"만약 사제의 연을 맺게 된다면 어르신이 정의가 아닌 길을 걸을 때, 맞아 죽는 한이 있더라도 충언을 해 잘못을 일깨

위 주겠다고 하더군. 허허허. 재미있는 놈이라는 생각이 들었지. 해서 난 그따위 거 필요 없고, 그저 내게 무술을 배우는 동안 먹여주고 재워줄 수 있겠느냐 물었지. 꼬마는 얼마든지 그리 해 주겠다며 날 집으로 데려갔다네. 한데 가보니 그곳이 스트라이더 가문이더군. 그렇네, 그 꼬마가 스트라이더 가문의 장남, 레이먼 스트라이더였지."

고르다스가 시선을 내려 다시 아르디엔을 바라보았다.

"레이먼이 내게 전해달라는 말이라도 있던가?"

"있었습니다."

"해보게."

"지긋한 나이에 어린 제자에게 충언이랍시고 쓴소리 듣기 싫으시면 이제는 정신 차리시라고 하더군요."

"하하하하하하!"

고르다스 대공이 시원하게 웃었다.

그러자 왕실의 정원이 통째로 울렸다.

겉보기엔 오늘내일할 것 같은 노인의 어디에서 저런 목청이 나오는 것인지 알 수가 없었다.

돌연 웃음을 뚝 그친 고르다스 대공이 구부정하던 허리를 쫙 폈다.

순간 고르다스 대공의 분위기가 확 바뀌었다.

조금 전까지만 해도 그저 힘없는 늙은이처럼 보이던 고르다스 대공에게서 태산과 같은 기개가 뿜어져 나왔다.

그가 들고 있던 나무 지팡이를 힘껏 바닥에 찍었다.

콰지직!

지팡이에 금이 가며 나무가 와르르 허물어졌다. 그러자 나무 안에 숨겨져 있던 기다란 철제 봉이 드러났다.

고르다스 대공은 한 손으로 봉을 현란하게 휘휘 돌리다가 어깨에 턱 하고 얹었다.

"문을 열어주겠네."

"무슨 말을 하시는 겁니까!"

성루를 지키던 기사 한 명이 놀라 소리쳤다.

"문을 열게."

고르다스 대공이 기사에게 명했다.

그러자 그는 검을 고르다스 대공에게 겨누었다.

"저들은 역심을 품은 반란군들입니다! 한데 문을 열어주란 말입니까?"

"불복하겠다는 건가?"

"여태껏 왕실의 일엔 관심도 없이 하루하루 죽을 날만 기다리던 늙은이가 이제 와서 대공 노릇을 하겠다고?"

기사는 눈을 희번덕거리며 대공을 하대하기 시작했다.

서로가 목을 내놓고 싸우는 전장에서 성문을 열라고 하니 돌아버릴 지경이었다.

그것도 이름뿐인 대공이 말이다.

고르다스 대공은 왕궁 내의 사람들과 아무런 유대감이 없었다.

그는 아무것도 하지 않았다.

그냥 숨만 쉴 뿐이었다.

한데 이 위기 상황에서 헛소리나 지껄이니 화가 치밀어 올랐다.

이미 성문을 열라고 한 상황에서 고르다스 대공도 역적이었다.

기사는 그의 목을 베기로 했다.

"한 번만 더 말하겠네. 문을 열도록 지시하게."

기사의 검에 오러가 어렸다.

오러 익스퍼트 상급의 오러였다.

그가 가타부타 말도 없이 기습적으로 고르다스 대공에게 달려들었다.

이미 기사도 고르다스 대공이 보통내기는 아니라는 것을 느꼈기 때문이다.

일검필살을 노렸다.

기사의 움직임은 기민하고 민첩했다.

고르다스 대공은 기사가 지척에 다다르는 순간까지도 봉을 어깨에 걸친 채 가만히 서 있었다.

기사의 검이 날카롭게 휘둘러졌다.

순간, 고르다스 대공의 눈이 번뜩였다.

그의 어깨에 걸쳐져 있던 봉이 순식간에 휘둘러졌다.

챙강! 콰직!

선공을 날린 건 기사였는데, 뒤늦게 날아간 봉이 그의 검과 목뼈를 부리뜨렸다.

고르다스 대공의 봉에는 기사의 검에 어린 것보다 더욱 진한 오러가 맺혀 있었다.

기사는 머리가 이상하게 꺾여 성루 아래로 떨어졌다.

"그러게 성문을 열라니까."

고르다스 대공과 기사가 실랑이를 벌이는 사이 갑자기 성문이 열렸다.

성루와 성벽 안쪽 정원에 포진해 있던 군사들이 놀라서 입을 쩍 벌렸다.

정신없는 틈을 타 크라임이 섀도우 워커의 기술로 성벽 안으로 잠입한 뒤, 성문을 열어버린 것이다.

고르다스 대공은 그런 자세한 상황까진 몰랐지만 어쨌든 성문이 열렸으니 기쁘게 소리쳤다.

"들어들 오게!"

아르디엔은 앞장서서 달렸다.

그 뒤를 하멜 백작가의 군사들이 우르르 따라 움직였다.

"저들을 막아라! 고르다스 대공을 베라!"

성루 밑에 있던 기사가 소리쳤다.

그리고 그의 목이 아르디엔의 검에 가장 먼저 잘려 나갔다.

이후로는 여기저기서 왕성의 기사와 병사들이 몸에서 피를 뿌리며 죽어나갔다.

고르다스 대공은 자신에게 몰려드는 성루의 병사들을 봉으로 두들겨 단숨에 정리했다.

그리고 높은 성루에서 뛰어내렸다.

그의 몸이 바닥에 충돌하기 전, 봉에 오러를 담아 세게 내려쳤다.

콰아앙!

엄청난 굉음과 함께 진동이 일었다.

바닥이 깊게 파이며 고르다스 대공은 아무런 충격도 없이 바닥에 내려섰다.

이어 신형을 앞으로 날렸다.

그는 하멜 백작가의 병사들을 도와 왕성의 병사들을 때려눕혔다.

전쟁은 일방적이었다.

아르디엔의 검이 쉼 없이 적군의 목을 떨어뜨렸다.

크라임의 암기와 대거가 숱한 생명을 앗아갔다.

마리엘의 채찍은 한 마리의 독사처럼 날아들어 병사들의

목과 심장을 꿰뚫었다.

마렉은 다시 하멜 용병단을 진두지휘하며 사방팔방 전장을 날뛰었다.

그의 손에 들린 한 쌍의 크림슨이 적병들의 살을 찢어발겼다.

케이스는 동에 번쩍, 서에 번쩍 하며 광속의 기사의 진면목을 보여주었다.

마법사단도 공격 마법과 회복 마법, 보조 마법을 적절히 시전해 가며 하멜 군단을 도왔다.

이미 제대로 된 지도자들을 잃어버린 왕성의 군사들은 속수무책으로 무너졌다.

결국 왕성 정원에서 벌어진 최후의 전투는 모든 기사의 목이 잘리고 병사들이 백기를 올림으로써 마무리되었다.

하멜 백작가가 왕성의 역도들은 완전히 제압한 것이다.

"우리가 이겼다!"

적의 항복을 받아내자마자 마렉이 크게 소리쳤다.

"우와아아아아아!"

"이겼다!"

"죽은 놈 있으면 대답해 봐! 없지?"

용병들이 신이 나서 떠들어댔다.

"하멜 백작님 만세!"

하멜 백작가의 기사 한 명이 이에 질세라 아르디엔의 이름을 외쳤다. 그러자 여기저기서 아르디엔을 연호했다.

"만세! 만세! 하멜 백작님 만세!"

"백작님 만세!"

왕성의 정원에 하멜 백작가 병사들의 목소리가 크게 울려퍼졌다.

Chapter 10
하멜 후작가의 비상

아르디엔 전기

말레스 국왕은 어전 앞에 선 아르디엔 일행과 고르다스 대공을 보며 기쁨의 눈물을 흘렸다.

그의 옆에는 여태껏 반란 귀족들의 눈치를 보느라 함께 자리하지 못했던 레이시아 왕자도 함께였다.

레이시아 왕자는 금발에 벽안을 가진 미남이었다.

올해 열네 살인데 그 나이 때에 비해 키도 훤칠했다.

어질고 여린 성품이라고 소문이 난 것처럼 인상도 선했다.

사실 말레스 국왕은 레이시아 왕자의 그 성품이 아쉬웠다.

나라가 태평성대를 누리며 주변에 충신들만 가득하다면

그러한 성품은 충분히 왕가의 자손으로서 도움이 된다.

하나 난세에선 마이너스일 뿐이다.

한데 이제는 달랐다.

아르디엔과 고르다스 대공에게 두아즈 후작을 비롯한 반란 귀족이 모두 숙청당했으며, 왕성의 간악한 무리를 전부 제압했다는 승전보를 들었으니 말이다.

말레스 국왕이 어좌에서 일어나 아르디엔에게 다가왔다.

아르디엔이 얼른 무릎을 꿇으려 하자, 말레스 국왕은 이를 제지하고서 두 손을 덥썩 잡았다.

"고맙네, 아렌 백작. 아니 이제부터는 하멜 백작이라고 불러야겠지?"

아르디엔은 자신이 원래의 이름을 되찾고 새로이 성도 가지게 되었다는 말을 그간의 과정을 설명하면서 얘기했었다.

"그러하옵니다, 폐하."

"자네가 없었다면, 그리고 자네와 뜻을 함께하는 충신들이 없었다면 이 나라가 어찌 되었을지 상상도 되지 않는다네. 고맙네, 정말 고마워."

"성은이 망극하옵나이다."

아르디엔이 깊이 고개를 숙였다.

애정 어린 시선으로 한참 동안 아르디엔을 바라보던 말레스 국왕이 이번엔 고르다스 대공의 손을 꽉 잡았다.

"감사합니다, 대공."

"모두가 폐하의 복입니다. 이 늙은이는 아무것도 한 게 없습니다."

"아닙니다. 저는 언제고 대공께서 저를 위해 힘을 써줄 것이라 믿어 의심치 않았어요."

"만약 하멜 백작과 삼대 성군이 역적의 무리와 싸울 생각을 하지 않았다면 전 평생 쓸모없는 늙은이 행세를 하며 땅에 묻혔을 것입니다. 송구스러운 얘기지만 이미 이 나라엔 희망이 없다고 생각했었습니다. 한데, 폐하의 은덕으로 주변의 충신들이 들고 일어나 역적의 무리에게 단죄의 칼날을 내려치니 저 역시 가만히 있을 수가 없었을 뿐입니다."

"겸손은 그만하면 됐습니다. 이제부터는 제 곁에서 계속 힘이 되어주세요."

"남은 여생 편하게 있다 가기는 틀렸군요."

고르다스 대공의 농에 좌중에서 웃음이 터져 나왔다.

말레스 국왕과 레이시아 왕자도 오래간만에 진심으로 즐거이 웃었다.

대체 얼마 만에 어전에 이토록 따스한 웃음이 퍼지는 것인지 모를 일이었다.

레이시아 왕자가 말레스 국왕의 곁으로 다가와 아르디엔에게 감사의 말을 건넸다.

"하멜 백작님, 정말 감사드립니다."

"한 나라의 사람으로서 해야 할 일을 한 것뿐입니다, 왕자님."

"그걸 못하는 사람들이 많았기 때문에 왕실은 여태껏 힘든 가시밭길을 걸어왔습니다. 저 역시 그러했구요. 하지만 이제는 아닙니다. 모두가 다 여러분의 공입니다."

"성은이 망극하옵니다."

말레스 국왕이 만면 가득 웃음을 머금고서 고개를 끄덕였다.

"하멜 백작."

"네, 폐하."

"누가 뭐래도 자네는 이 나라의 충신이자 왕실을 위기에서 구해준 왕가의 은인일세. 그런 사람에게 짐이 아무런 보답도 하지 않는다면 무뢰배와 다를 게 없을 걸세."

거기까지 말한 말레스 국왕이 허리에 차고 있던 왕가의 보검을 꺼내 들었다.

그에 어전에 있던 모든 이들이 무릎을 꿇고 머리를 조아렸다.

말레스 국왕은 검끝을 아르디엔의 정수리에 살포시 얹고 말했다.

"나 말레스 페나트리앙은 충신 중의 충신이자 왕실의 정도를 바로 세우기 위해 역적들을 숙청하는 데 커다란 공을 세운 아르디엔 하멜 백작에게 후작의 작위를 내리겠노라!"

후작이라는 작위는 공작의 바로 아래 작위다.

아르디엔은 귀족으로서 거의 최정점의 위치에 다다른 것이다.

"다들 고개를 들고 일어나시오!"

말레스 국왕의 명에 무릎을 꿇었던 모두가 몸을 일으켰다.

"이렇게 경사스러운 날 축배를 들지 않을 수가 없소! 당장 먹고 마실 것들을 푸짐하게 준비할 것이니 모든 근심과 걱정을 잊고 즐거운 연회를 즐기도록 하시오! 더불어 하멜 후작과 함께 공을 세운 다른 이들에게는 따로 포상을 내릴 것이니 연회가 끝날 때까지 돌아갈 생각은 마시오! 이건 어명이오!"

말레스 국왕이 말미에 검을 높이 치켜들었다.

와아아아아아아아아!

참으로 오래간만에 보는 국왕의 기개에 모든 이가 함성을 지르며 박수를 쳤다.

아르디엔은 그렇게 후작이 되었다.

＊　　　＊　　　＊

연회는 무려 보름이 넘도록 계속되었다.

하지만 누구 하나 지치는 이가 없었다.

오히려 날이 갈수록 더더욱 기운이 솟아나는 듯했다.

국가적인 경사가 있는 날이니만큼 당연한 결과였다.

반면, 두아즈 후작의 편에 섰던 귀족들은 몸을 숨기기에 급급했다.

망명을 준비하는 이들도 있었고, 처음부터 두아즈 후작과 아무런 연관이 없었다며 발뺌을 하는 이들도 있었다.

그러나 아르디엔은 연회에 참석하는 한편, 왕실특수주시자의 권한으로 하멜 용병단과 하멜 기사단, 그리고 페르소나 뱅가드 출신인 마리엘, 크라임, 제피아를 움직여 역도의 잔당을 소탕하게끔 했다.

때문에 한쪽에서는 즐거운 연회가 이어지고, 다른 쪽에서는 피의 참극이 일어나는 정반대의 현상이 벌어졌다.

말레스 국왕은 연회가 이어지는 동안 공을 세운 이들에게 적당한 포상을 해주었다.

연회는 장장 한 달 동안 지속되었다.

그사이 삼대 성군과 다른 지방의 귀족들도 모두 왕성으로 모여들었다.

그리고 역도들은 반란 귀족들의 부재로 힘을 잃어 거의 대부분이 숙청당하거나 타국으로 떠났다.

이도 저도 아닌 쪽에 서서 입장을 확실히 정하지 못하고 있던 귀족들은 전부 왕성을 찾아 국왕에게 충성을 다짐했다.

아르디엔이 저택을 떠나기 전에 말했던 진정한 만찬회가 정말 왕성에서 벌어진 것이다.

그렇게 그라함 왕국은 비로소 하나로 똘똘 뭉치게 되었다.

*   *   *

아르디엔이 벌인 대숙청이 끝난 지 반년이 지났다.

그라함 왕국을 비롯한 전 대륙의 국가들이 새로운 해를 맞았다.

반년간 왕권이 힘을 얻자 나라의 정책도 빠르게 바뀌었다.

그간 저들 배만 채우려 들던 썩어빠진 귀족들의 정책을 싸그리 뜯어고쳤다.

하멜 후작가는 나라가 바로 서기 위해 필요한 모든 지원을 아끼지 않았다.

이르베스에서 재배한 작물들을 다달이 평민들에게 나누어 주린 배를 채우게 했음은 물론이고 금전적인 기부 역시 아끼지 않았다.

또한 일을 하고 싶어 하는 이들에게는 일자리를 제공해 주었다.

이르베스에는 경작할 사람이 많으면 많을수록 좋았다.

때문에 아르디엔은 얼마 전까지 꼭꼭 숨겨왔던 이르베스의 존재를 알린 뒤, 일자리 없는 평민들을 이르베스의 시민으로 받아들였다.

이르베스의 인구수는 날로 늘어났고 그만큼 빠르게 번창했다.

이르베스의 촌장이었던 테사르는 이제 시장이 되었다.

작은 마을에 불과했던 곳의 인구가 삼천 가까이 늘어났다.

그만큼 집도 많이 들어섰고 작은 시장이 들어섰으며, 타 도시와의 교역도 활발하게 이어나갔다.

그러다 보니 이르베스의 주변으로 또다시 작은 마을들이 생겨났다.

이르베스와 인근의 마을들을 포함해서 주변에 주인이 없던 땅덩어리는 이제 하멜령으로 거듭났다.

아르디엔의 명성은 무섭게 전국으로 퍼져 나갔다.

나라를 구한 충신.

평민의 삶을 이해하려 하고, 작은 도움이라도 주려 하는 어진 귀족.

노블레스 오블리주를 누구보다 몸소 실천해 보여주는 광휘(光輝)의 군주.

그 모든 것이 아르디엔의 이름 앞에 붙는 수식어들이었다.

그중에서도 사람들은 아르디엔을 광휘의 군주라 부르길

좋아했다.

이제 하멜 후작가는 그라함 왕국 제일가는 귀족 가문이 되었다.

이미 다달이 들어오는 수입은 황금의 백작 세레넬 드 하이미언의 수입을 훌쩍 넘어섰다.

아르디엔의 후광으로 인해 이르베스에 모여들어 경작을 하는 이들이 많아진 것과 레인보우 펍이 전국으로 뻗어나가 체인점을 20호점까지 차린 것, 그리고 광산의 수가 다시 두 개나 늘어버린 것 등, 그의 재산을 크게 불려준 호재가 연달아 터졌기 때문이다.

그리고 그렇게 불어난 재산을 베나엘이 현명하게 관리하며 더더욱 크게 만들었다.

아르디엔은 자신의 수입 중 50퍼센트는 늘 평민들과 국가의 복지를 위해 사용했다.

하멜 용병단도 그라함 왕국 최고, 최강의 용병단이 되었다.

그들 앞으로 들어오는 일거리들은 날이 갈수록 많아졌고 하멜 용병단에 들어오고 싶어 하는 용병들도 기하급수적으로 늘어났다.

지금에 와서는 용병단원의 수가 천 명을 넘어섰다.

하지만 그 많은 이들을 한 번에 관리할 수가 없었기에, 아르디엔은 하멜 용병단을 네 개의 그룹으로 나누어 한 그룹은 그대로 이르베스에 머물게 했고, 다른 세 개의 그룹은 각각 러스트리옴, 데시에도르, 그랑로드에 머물게 했다.

전부 전쟁이 벌어졌을 시 군사적 요충지가 될 수 있는 중요 지역이자 그라함 왕국의 가장 큰 대도시였다.

시간이 갈수록 하멜 용병단은 전국의 모든 용병단을 규합하는 식으로 덩치가 커졌다.

그러다 보니 마렉은 절로 용병왕이라는 칭호를 얻게 되었다.

전생의 진행 과정과는 조금 다르지만 용병왕의 칭호를 얻게 된 건 같았다.

하멜 후작가의 저택은 또 한 번 증축 공사를 했다.

정원이 세 배로 넓어졌고 건물 두 채가 더 들어섰다.

사병의 수는 오백이 되었고 기사의 수는 백이 넘었다.

케이아스는 매일같이 사병과 기사들을 지도하며 최강의 군단을 만드는 데 큰 도움을 주었다.

그러다 두 달 전에는 디스토와 함께 기사 아카데미를 설립했다.

물론 케이아스가 나서서 아카데미를 만들자고 제안한 건 아니었다.

그건 아르디엔의 아이디어였다.

전국엔 제법 많은 기사 아카데미가 있었다.

기사로서의 정규 과정을 수료하고 시험을 무사히 통과하면 작위를 얻을 수 있는 시스템이었다.

하지만 그 기사 아카데미가 투명하게 운영되지 않았기에 실력이 모자라는 데도 기사의 작위를 얻게 되는 경우가 많았다.

그래서 실력 없는 기사들이 양산되고 결국 그중 많은 수가 어느 귀족가에도 섭외되지 못한 채 무용지물 기사로 남게 되곤 했다.

하지만 케이아스와 디스토가 운영하는 아카데미는 달랐다.

하멜 아카데미라 이름 붙은 기사학교는 완전히 투명하게 운영되고 있었다.

이제 문을 연지 두 달밖에 안 됐지만 하멜 아카데미의 공정함은 입소문을 타며 빠르게 퍼져 나갔다.

해서 아카데미에서 교육을 받는 학생의 수가 벌써 오백이 넘었다.

케이아스는 매일매일 학생들을 가르치는 게 귀찮아 죽겠다며 툴툴댔다.

그럴 때마다 디스토가 케이아스의 엉덩이를 걷어차며 정신을 차리게 해주었다.

아카데미는 그들만 세운 게 아니었다.

라미안도 그녀가 운영하는 매직 아카데미를 만들었다.

처음엔 빛의 탑에서 반발이 심했다.

모든 마법사들은 빛의 탑이 독점하다시피 했기 때문이다.

마법을 배우고 익히며 공부할 수 있는 기관은 그라함 왕국에 빛의 탑이 유일했다.

그런데 하멜 매직 아카데미기 설립되며 적지 않은 수의 마법사와 마법사를 꿈꾸는 이들이 속속 모여들었다.

빛의 탑 입장에서는 불만일 수밖에 없었다.

그러나 지금 하멜 후작가에서 벌이는 일을 막을 수 있는 이들은 아무도 없었다.

결국 빛의 탑은 암묵적으로 하멜 매직 아카데미의 존재를 인정했다.

레나의 미라클 플라워도 갈수록 생산량이 늘어났다.

그렇다 보니 필요한 사람에게 얼마든지 보급할 수 있는 상황이 되어 가격이 대폭 하락했다.

그럼에도 미라클 플라워가 가져다주는 수입은 더욱 늘어나기만 했다.

이처럼 하멜 후작가는 반년 동안 순풍에 돛 단 듯 빠르게 발전했다.

보통 어느 귀족가가 필요 이상의 힘을 갖게 되면 주변에서 경계를 하게 마련이었다.

당장 왕실에서부터 경계를 해버린다.

힘을 가진 이들은 그것을 누리고 싶어 하고, 그러다 보면 혁명이라는 이름으로 반란을 도모하는 경우가 생기기 때문이다.

그러나 하멜 후작가는 예외였다.

그 누구도 하멜 후작가를 경계하지 않았다.

오히려 경외와 존경의 시선으로 바라보았다.

모든 것이 잘 흘러가고 있었다.

하루하루가 행복한 나날들이었다.

*   *   *

아로아가 어쩐 일로 지인들을 전부 레인보우 펍에 초대했다.

펍을 여는 날도 아니었다.

휴일이었다.

레인보우 펍에 모인 사람들은 아르디엔, 케이아스, 알버트, 라미안, 레나, 디스토, 마렉, 제피아, 마리엘로 총 아홉 명이었다.

그들이 둘러앉은 테이블 위엔 음식이 한가득 놓여 있었다.

술통도 세 개나 준비되어 있었다.

알버트와 케이아스, 마렉은 그 진수성찬을 보자마자 군침을 줄줄 흘렸다.

특히나 레인보우 펍에 어마어마한 돈을 쏟아붓고도 그 작은 서비스 안주 한 번 받아보지 못한 알버트는 이게 웬 떡인가 싶었다.

"잘 먹겠습니다~!"

케이아스, 알버트, 마렉, 식충이 삼인방이 이구동성으로 외치고서 포크를 들었다.

그 순간,

타타탁!

주방에서 나온 아로아가 세 사람의 손등을 매섭게 때렸다.

"아직 안 돼요."

그러자 알버트와 케이아스가 바람 빠진 풍선처럼 축 쳐졌다.

"하아아아아……."

입으로는 한숨을 푹푹 내쉬는 것이 마치 세상 다 산 사람들 같았다.

마렉은 인상을 와락 구겼다.

"지금 사람 놀리는 거야, 뭐야! 음식을 앞에 두고 기다리라니! 내가 가축이냐고!"

"술과 음식은 제 중대 발표를 듣고서 즐기세요."

"그 중대 발표가 뭔지 모르겠지만 빨리 해버려."

마렉이 음식들을 무섭게 노려보며 대꾸했다.

아로아가 한 차례 목을 가다듬었다.

"에헴! 크흠."

그리고서 가슴을 지그시 내리누르고 심호흡을 했다.

"후우. 후우."

이어, 두 손으로 뺨을 가볍게 두들겼다.

찰싹. 찰싹.

"아, 거 뭔지 모르겠지만 대충 좀 해라!"

결국 마렉이 다시 소리 질렀다.

"마렉 말이 맞아. 빨리 해, 아로아."

케이아스가 사정했다.

"사실 저는 술과 음식을 눈앞에 두고서 즐기지 못하면 기운이 빠지는 병에 걸렸답니다. 자비를 베풀어 주세요."

알버트도 거들었다.

그러나 아로아에겐 그들의 말이 전혀 들어오지 않았다.

잠시 생각을 정리하고 용기를 낸 아로아가 겨우 중대 발표를 했다.

"여러분! 실은 저! 아르디엔이랑 연애하고 있습니다!"

아로아는 사람들이 전부 놀라 자빠질 거라 생각했다.

그런데 돌아오는 반응은 엄청나게 심드렁했다.

"다들… 안 놀라세요?"

레나가 평소처럼 해맑게 웃으며 말했다.

"전 알고 있었는데요?"

"어? 정말?"

"저도 알고 있었어요."

라미안도 알고 있었단다.

"진짜요?"

"뭐야~ 그걸 중대 발표라고 한 거야?"

마리엘이 코웃음쳤다.

"그러게. 난 또 뭐라고."

크라임이 고개를 절레절레 저었다.

"마리엘이랑 커틀렉 씨도 알고 있었어요?"

"아는 사람 한 명 추가요."

알버트가 손을 들었다.

그러자 제피아도 덩달아 손들었다.

"한 명 더."

"디스토 씨는요?"

"모르는 게 바보죠."

아로아가 간절한 눈빛으로 케이아스를 바라봤다.

"케이는?"

"몰라 그런 거. 이제 먹어도 돼?"

그 성의 없는 대답이 아로아의 마음엔 쏙 들었다.

그녀가 케이아스를 와락 끌어안았다.

"역시! 케이아스는 그런 면에서 엄청 둔하니까 몰라줄 거라 생각했어!"

뭔가 상황이 이상하게 돌아갔다.

어찌 되었든 모르는 사람이 한 명이라도 있었으니 아로아의 입장에서는 중대 발표가 헛된 게 아니었다.

하지만 기분이 썩 좋지는 않았다.

대부분이 그녀와 아르디엔의 관계를 알고 있었다니.

"대체 어떻게 눈치채신 거예요?"

아로아는 도통 모르겠어서 물어봤다.

"티가 확 나는데 뭐."

마리엘의 말이었다.

"티가 났다구요?"

"응."

"어디서요?"

"전부 다. 행동 하나하나부터 아르디엔을 바라보는 눈빛도 그렇고. 부쩍 아르디엔의 곁에서 붙어있는 시간도 많아진 데다가 몰래 손잡는 것도 몇 번 들켰지."

"그럴 리가요! 정말 은밀하게 손잡았었는걸요."

"돈 걸린 일엔 귀신같이 눈치 빠른 애가 그런 면에서는 또

맹하네."

"하아, 조금 맥 빠지네요."

"아로아 양, 저는 맥이 빠지고 빠지다 못해 녹아버리겠어요. 이제 먹어도 되나요?"

알버트가 물었다.

"그래요. 드세요."

"오늘 먹는 건 공짜죠?"

"그게……."

오늘 차린 음식과 내온 술들은 사람들이 아로아와 아르디엔의 관계를 모른다는 전제하에 공짜로 제공하려던 것이었다.

엄청난 사건을 아로아가 얘기함으로써 충격에 빠진 그들을 술과 음식으로 달랠 셈이었다.

그런데 그 계획이 무산되었다.

슬슬 본전 생각이 나는 아로아였다.

"공짜죠오오오오오?"

알버트가 눈에서 불이라도 쏘아댈 기세로 아로아를 바라보며 재차 물었다.

아로아는 어쩔 수 없이 고개를 끄덕였다.

"네, 공짜예요."

"잘 먹겠습니다!"

공짜 선언이 내려지자마자 사람들은 무서운 속도로 음식을 집어 먹었다.

"아… 내 돈."

빠르게 줄어드는 음식과 술을 보며 아로아가 울상을 지었다.

아르디엔은 그런 아로아의 모습이 귀여워 미소를 머금었다.

*　　　*　　　*

사람들이 모두 돌아가고 레인보우 펍엔 아로아와 아르디엔 둘만 남게 되었다.

아로아는 입이 잔뜩 나와 뒷정리를 했다.

아르디엔이 일을 거들었다.

"아로아."

"응?"

"그렇게 억울해?"

"아르디엔도 알고 있었어?"

"뭘?"

"우리 관계 사람들이 눈치챘다는 거."

"응."

아르디엔의 망설임 없는 대답에 아로아의 복창이 폭발했다.

"그럼 미리 얘기 좀 해주지!"

"아로아도 아는 줄 알았지."

"하아, 내 돈."

아로아의 한숨이 홀을 가득 채웠다.

한데 테이블을 대충 정리하고 바닥을 쓸던 아로아의 눈에 뭔가가 들어왔다.

"응?"

돈주머니였다.

본능적으로 돈주머니를 주워 든 아로아가 떨어진 위치를 살폈다.

"여기에… 영주님이 앉았었지?"

아마도 알버트가 술을 먹다가 흘리고 간 모양이었다.

아로아의 돈주머니를 빠르게 열었다.

그 손놀림이 마치 고대 던전을 돌다가 보물상자를 발견한 트레져 헌터와도 같았다.

제법 두둑한 돈이 담겨 있었다.

그녀의 눈에서 생기가 살아났다.

"이게 다 얼마야?"

아로아는 얼른 돈을 세어보았다.

한데 액수가 오늘 아로아가 내 놓은 안주, 술값과 딱 들어맞았다.

"……."

아로아가 돈을 세던 자세 그대로 멍해졌다.

아르디엔이 다가와 빙그레 웃었다.

"알버투 속이 깊지?"

"…그러네."

"그리도 당신도 속이 깊고."

"내가… 왜? 돈만 밝히는 수전노라도 흉볼 줄 알았는데."

"그렇게 열심히 모은 돈 다 어디에 숨겨놨어? 보여줄 수 있어?"

"안 돼. 절대 못 보여줘. 아무리 우리가 연인 사이라도 해도 그런 선은 확실하게……."

"하나도 없지?"

아르디엔이 아로아의 말을 끊었다.

"어?"

아로아가 눈에 띄게 당황했다.

"알고 있어. 다달이 전국에 있는 고아원에 돈 보내는 거."

"그걸 아르디엔이 어떻게……."

"케이아스가 말해줬어."

"하여튼 케이! 입만 싸서! 내가 그 인간을 믿는 게 아니었는데."

　사실 아로아는 2년 전부터 벌어들이는 돈의 대부분을 전국의 고아원에 돌아가며 기부하고 있었다.

　하지만 그녀 스스로 전국을 다닐 수 없었기에 케이아스에게 부탁해서 기부금을 전달해 주곤 했다.

　물론 절대 아무에게도, 누구에게도 말하지 말고 기부자가 아로아라는 것도 밝히지 말아 달라 부탁했다.

　대신 케이아스에게 소정의 수고비를 떼어 줬었다.

　그런데 케이아스는 아르디엔에게 모든 것을 다 말해 버렸다.

　가끔 말도 없이 사라지는 케이아스에게 어딜 그렇게 돌아다니냐고 물었더니 줄줄 불어버린 것이다.

　아르디엔이 아로아의 머리를 쓰다듬었다.

　"정말 돈만 밝히는 수전노 아가씨였다면 내가 좋아할 일도 없었겠지."

　"…부끄럽게."

　아로아가 얼굴을 붉혔다.

　그녀는 고아원 출신이다.

　부모가 누군지도 모르고 지금까지 커왔다.

　지금도 가족끼리 화목하게 레인보우 펍을 찾는 손님들을 보면 그렇게 부러울 수가 없었다.

아마 고아원에서 자라나는 다른 아이들도 그녀와 같은 심정일 것이다.

아로아는 고아원의 아이들이 너무나 안타까웠다.

그래서 버는 돈의 대부분을 계속 기부해 왔던 것이다.

"아로아."

"응."

"앞으로도 계속 수전노의 진면목을 보여줘."

풀 죽어 있던 아로아가 언제 그랬냐는 듯 밝게 웃었다.

"당연하지. 앞으로도 서비스 같은 건 절대 없어!"

주먹을 불끈 쥐는 아로아의 이마에 아르디엔의 입술이 닿았다.

*   *   *

알버트의 저택.

올리버는 만취해서 돌아온 술주정뱅이 영주를 노려보고 있었다.

"분명히 오늘은 공짜 술 대접 받으러 간 거라고 하시지 않으셨습니까?"

"그랬지."

알코올 냄새를 풀풀 풍기며 침대에 드러누운 알버트가 심드렁하게 대답했다.

"그런데 집사가 말하길 금고의 돈이 좀 빈다고 하던데요."

그러자 알버트가 벌떡 일어나 올리버의 멱을 틀어쥐었다.

"올리버 경! 이젠 금고에도 손을 대는 거야? 대체 커서 뭐가 되려고 그러는 거냔 말이야. 당신의 주군은 정말 슬프답니다."

빠악!

올리버가 주먹을 쥐고 분노의 꿀밤을 날렸다.

"꺄악! 여, 영주를 폭행하다니!"

"이건 호위기사로서가 아니라 세상을 조금 더 산 연장자로서 혼낸 것입니다."

"아무튼 금고의 돈이 왜 비는지는 몰라. 지금은 자야겠어. 어젯밤에 꿨던 꿈을 이어서 꿔야 한단 말이야."

"지금 꿈이 문제입니까? 금고에 있는 돈은 영주님의 사비가 아닙니다."

"어차피 품위 유지비잖아. 나 찾아오는 귀족이나 상인들 대접할 때 쓰는 돈도 대부분이 술값인데, 이렇게 쓰나 저렇게 쓰나 술 사는 데 썼으면 되는 거 아니겠어?"

올리버의 이마에 힘줄이 돋아났다.

"역시 영주님께서 손대셨군요."

"아아, 아니라니까. 오해야, 오해라고. 아무튼 잘 테니까

나가봐. 어젯밤 꿈에서 세라가 나왔단 말이야. 둘이서 뜨거운
밤을 보내려는 순간 자네가 깨우는 바람에…….''

"빠악!"

"끄악! 또 폭행했겠다아아아!"

올리버가 알버트이 멱을 틀어쥐었다.

"그 세라가 일 년 전에 저랑 혼인을 한 그 세라는 아니길 바
랍니다."

"…그, 그 세라 맞는데?"

"영주니임!"

"사, 살려주세요, 올리버 경. 잘못했어요."

올리버는 알버트를 침대에 거의 메다꽂듯이 던졌다.

"고마워. 바닥이 아니라 침대에 던져줘서."

"아무튼 다시 한 번 이런 일이 벌어지면 바로 집사에게 알
리겠습니다."

"쾅!"

올리버는 거칠게 문을 닫고 나갔다.

말은 그렇게 해도 올리버는 늘 알버트가 사고를 치면 뒤치
다꺼리를 도맡아 해주었다.

아마 비어버린 금액도 올리버가 사비로 채워 넣을 것이다.

그리고 다음 날 올리버의 기사 녹봉엔 이번에 나간 만큼의
금액이 보너스로 지급될 것이고.

그게 알버트의 방식이었다.

침대에 대자로 드러누운 알버트가 한숨을 푹 쉬었다.

"좋은 일 하기 힘드네. 공짜 술을 얻어먹어 버리면 그만큼 고아원에 가는 돈이 줄어든단 말이지."

알버트 역시도 아로아가 고아원에 기부금을 내는 걸 알고 있었다.

그는 케이아스와 둘도 없는 술친구다.

케이아스나 아르디엔이 알고 있는 사실을 알버트가 모를 리 없었다.

처음에는 그냥 레인보우 펍의 술이 좋고 음식이 맛있어서 자주 찾았었다.

한데 아로아의 선행을 알고 난 뒤에는 일부러 더 레인보우 펍을 찾았다.

매일같이 술독에 빠져 사는 것 같은 그였지만, 아로아의 선행이 없었다면 그토록 자주 레인보우 펍을 찾지는 않았을 것이다.

물론 고아원을 돕고 싶다면 대놓고 돈을 기부할 수도 있는 문제다.

하지만,

"간지러. 간지러. 나한테는 이게 맞아."

알버트는 눈을 감고 잠에 빠져들었다.

Chapter 11
에덴의 일족

아르덴 전기

노을이 지는 시간.

제피아는 정원에 나와 하늘을 올려다봤다.

그의 곁으로 기척도 없이 아르디엔이 다가왔다.

"아스크를 생각하고 있어?"

갑자기 들려온 음성에 흠칫한 제피아가 아르디엔을 보고 서 툴툴댔다.

"부탁인데 인기척 좀 내고 다니면 안 되겠는가?"

"버릇이 되어서."

"웃기는군."

아르디엔은 유독 제피아에게 다가올 때만 기척을 감췄다.

다른 사람들한테는 그러는 경우가 없었다.

버릇이 되었다는 건 다 헛소리고 그저 제피아가 놀라는 걸 즐기는 게 분명했다.

하지만 그런 걸로 따지고 들기도 귀찮았다.

소모적인 일에 시간을 빼앗기고 싶지 않은 제피이였기에 그저 아르디엔의 물음에 대답이나 해주었다.

"그래. 오늘따라 유독 더 생각나는군."

"그렇게 궁금하면 한 번 보고 오지그래."

두 사람의 대화는 처음 만났을 때 보다 많이 편해져 있었다.

아르디엔도 제피아도 서로를 인격적으로 인정하고 있다는 반증이었다.

덕분에 농담도 쉽게 오고갔다.

"드래곤 입안에 머리를 들이밀라고 하지 그러나?"

"몰래 마도국을 드나들 정도의 실력은 안 되나봐?"

아르디엔이 제피아를 놀렸다.

하지만 제피아는 화도 나지 않았다.

아들에 대한 그리움에 마음이 지쳐 있었기 때문이다.

"금제만 풀렸다면 또 모르지."

"그 금제라는 게 뭔지 말해줄 수 있겠어?"

"내 마력을 강제로 짓누르고 있는 주술 같은 걸세."

"주술이라. 주술과 관련된 서적이 서재에 많이 있는데."

"그런 책 백날 봐봤자, 해결이 안 돼."

"어떤 주술이기에?"

제피아는 시선을 다시 하늘로 돌렸다.

태양이 모습을 감추면서 휘영청 밝은 보름달이 대신 하늘을 지키고 있었다.

"에덴의 일족이라고 들어봤나?"

"물론."

에덴의 일족.

과거 이그드라엘 대륙에는 악테르사 신을 섬기는 신성국가 에덴이 있었다.

에덴은 작은 소국이었지만, 모두들 악테르사 신의 가호를 받아 신성력이라는 힘을 모두가 사용할 수 있었다.

그들은 신성력으로 사람의 상처를 낫게 하고 질병을 치유했다.

그리고 죽어서 걸어 다니는 자들, 언데드 몬스터를 사냥했다.

에덴의 일족들은 스스로를 신의 권능을 발휘하는 사제, 즉 프리스트라 불렀다.

에덴의 일족은 절대 타 국가의 사람들과 혼인을 맺지 않왔다.

그들은 철저하게 에덴의 일족끼리만 혼인을 올렸다.

해서, 그 당시에 프리스트들은 에덴의 일족 외엔 없었다.

신성국가 에덴은 오래도록 태평성대를 누렸다.

전란의 시대에서도 그들만큼은 타국의 침입을 받지 않았다.

그게 가능할 수 있었던 건 에덴의 일족이 가진 신성력이라는 힘 때문이었다.

상처와 질병을 치료하고 언데드를 사냥하는 그 능력은 모든 국가에 큰 도움이 되었다.

에덴의 일족이 사라지면 숱한 사람들은 이름 모를 질병으로 죽을 것이고, 언데드 몬스터들의 노리개가 될 것이 뻔했다.

그렇기에 신성국가 에덴만큼은 전 대륙의 나라들이 성지 다루듯 해주었다.

한데 에덴은 자멸했다.

그 불화의 원인은 내부에서 일어났다.

에덴의 일족도 신성력을 가지고 태어난다는 특수성을 제외하면 기본적으로 평범한 사람들이었다.

사람이란 한결같이 선할 수 없는 법이다.

물론 에덴이라는 국가를 관통하고 있는 율법이나 사람들

의 사상은 선(善)이라는 것에 기본을 두고 있었다.

하나 만인만색인 만큼 개중에서도 커다란 욕망을 가진 이가 존재하게 마련이었다.

대부분은 그 욕망이 커지기 전에 주변의 끊임없는 노력으로 싹을 잘라 놓았다.

한데 그게 가능했던 것은 사람의 성격이 형성되는 유아기, 유년기, 청소년기에 그들이 가슴에서 자라난 욕망을 감추지 않고 밖으로 표출했기 때문이다.

애초부터 욕망을 내보이지 않았다면 싹을 자를 수가 없다.

한데 그런 사람이 한 명 있었다.

그녀의 이름은 아모르시아.

가슴에 누구보다 커다란 욕망을 품고 태어나서 성인이 될 때까지 단 한 번도 그것을 드러내지 않았던 여인.

아모르시아의 욕망으로 인해 벌어진 어떠한 사건으로 인해 에덴은 악테르사 신에게 버림받고 멸망의 길을 걸었다.

그래서 지금은 사라진 신화 속의 도시로 회자되곤 한다.

아무튼 아르디엔은 제피아가 왜 에덴의 일족에 대한 이야기를 꺼낸 건지 궁금했다.

"내게 주술을 건 사람은 에덴의 일족일세."

"에덴의 일족이 주술을 걸었다니? 그게 말이 돼?"

"상식적으로는 말이 안 된다고 생각하겠지."

"지금 '오리진'이 네게 주술을 걸었다고 주장하는 거야?"

"믿지 않아도 돼. 괜히 입씨름하기 싫으니."

오리진은 순혈의 피를 가진 에덴의 일족을 뜻하는 말이다.

아이러니하게도 에덴의 일족이 살아갈 당시에는 그들을 오리진이라 부르는 이가 하나도 없었다.

한데 에덴이 멸망하고 난 뒤, 그 일족들은 뿔뿔이 흩어져 각 대륙의 여러 나라로 망명을 했다.

그곳에서 에덴 일족이 아닌 평범한 사람들과 결혼을 하고 애를 낳으면서 순혈의 에덴인, 즉 오리진은 전부 사라지고 말았다.

지금 이그드라엘 대륙에 존재하는 모든 프리스트들은 에덴 일족과 인간 사이에서 태어난 이들이다.

에덴 일족의 피가 섞이긴 했지만 순혈은 아니라는 것이다.

때문에 지금에 와서는 순혈의 피를 가진 에덴 일족을 지칭할 때 오리진이라 말한다.

물론 누구도 오리진이 살아 있을 거라고 생각하는 이는 없었다.

그저 오리진이 살아 있었더라면, 이라는 가정으로 그들에 대한 이야기를 시작할 뿐이다.

한데 제피아는 지금 오리진이 살아 있으며, 그에게 금제의 주술을 받았다고 말했다.

"오리진이 살아 있다고?"

"그렇다고 하면 믿을 건가?"

"믿어."

제피아가 피식 웃었다.

"조금 고민하는 척이라고 하고 대답하지 그랬나."

"네가 날 속일 이유가 없잖아."

"고맙군."

"그래서, 오리진은 살아 있어? 존재하는 거야?"

"존재해. 나도 딱 한 명밖에 보지 못했지만 그는 자신의 동료들이 몇 명 더 있다고 말했었네. 그 오리진의 이름은 뮤테아. 중성적인 매력을 가진 여자지. 그녀를 찾아 게르갈드로 데려온 것은 내 형이었네."

제피아의 형은 마도국 게르갈드의 현 국왕 루틴 니플헤임이다.

"루틴은 나와 아버지에게 뮤테아를 소개시켜 주었지. 오리진이라는 존재에 흥미를 느낀 아버지는 그녀를 왕성에서 지내게 해주었네. 당시에는 나도 뮤테아와 제법 친하게 지냈었어. 한데 아버지가 돌아가시고 나와 형이 왕좌를 놓고 싸울 땐… 그녀는 철저하게 형의 편이었네. 뮤테아는 미련 없이 내게 금제를 걸어 6서클 이상의 마력을 사용하지 못하게 만들었지."

흥미로운 얘기였다.

아르디엔은 궁금한 게 있어서 잠시 제피아의 말을 끊었다.

"잠깐. 에덴이 멸망한 건 몇백 년도 더 전의 일이잖아."

"그렇지."

"한데 오리진이 존재하려면 결국 에덴이 멸망할 당시 그곳을 벗어난 일족들끼리 지내면서 그늘끼리 관계를 갖고 자식을 낳고, 다시 그 자식들이 자라 서로 관계를 맺고 자식을 낳는 과정을 반복했다는 거 아니야?"

"…표현이 자네답지 않게 좀 저속하군."

"있는 그대로 말했을 뿐이야."

"그래, 그렇게 생각할 수도 있지. 나도 그게 궁금했었으니까. 하지만 잘못 짚었던 거였네. 지금 세상에 몇 안 남은 오리진들은 에덴이 무너지는 날 육신을 땅속 깊은 곳에 봉인했었다고 하더군."

"무엇 때문에?"

"거기까진 나도 듣지 못했네. 아무튼 봉인은 사백 년 후에 풀리도록 되어 있었고, 루틴이 뮤테아를 발견했던 시기가 딱 잠든 지 사백 년이 되는 날이었던 거지. 봉인에서 깨어나 숲속에서 헤매던 뮤테아를 루틴은 무작정 왕성으로 데려온 걸세."

"사백 년이라."

아무런 이유도 없이 사백 년이라는 시간을 정해놓고 봉인에 들어갔을 리 만무했다.

하지만 지금은 그것에 대해 고민해 봤자 답이 나오지 않는다.

뮤테아의 입으로 직접 듣기 전까지는 말이다.

해서 아르디엔은 다른 것을 물었다.

"오리진은 스스로의 몸을 봉인할 수도 있었던 거야?"

"불가능하지."

"그런데 어떻게 사백 년이란 시간까지 설정해 놓고 봉인을 한 거지?"

"그들이 한 게 아니야. 그들을 반드시 살려야 했던 사람이 있었다는군. 그 사람이 누군지에 대해서도 난 못 들었으니 물어보지 말게. 어찌 되었든 그가 뮤테아를 비롯한… 총 넷이었나? 다섯? 기억이 가물가물하군. 아무튼 그 정도의 사람들을 땅속에 봉인시켰다고 했었네."

"그래서 뮤테아는 봉인에서 깨어난 뒤, 왕성에 머물며 무언가를 하려고 했었어?"

"아니, 그녀는 아무것도 하지 않았어."

"그럼 뭣하러 깨어난 거야?"

"나도 그런 비슷한 질문을 뮤테아에게 던졌었지."

"그랬더니?"

"자신의 임무는 찾는 게 아니라 조합하는 거라 하더군."

"……"

들으면 들을수록 모를 얘기였다.

아르디엔은 제피아에게 들은 이야기들을 정리해 보았다.

에덴이 무너지는 날, 누군가가 어떤 목적을 갖고 뮤테아를 비롯한 넷 혹은 다섯 명의 오리진을 땅속 깊은 곳에 봉인시켰다.

이 누군가를 엑스라고 가정한다.

엑스의 목적이 무언지는 뮤테아와 다른 오리진들도 모두 알고 있을 것이다.

그리고 그 목적을 완성시키기 위해 사백 년이 지난 후 봉인에서 깨어났다.

뮤테아는 현재 마도국에 있다.

그녀가 말하길 자신의 임무는 찾는 게 아니라 조합하는 것이라 했으니, 그녀를 제외한 다른 오리진들은 지금 엑스의 목적을 이룩하기 위한 '무언가' 를 찾고 있을 것이다.

그리고 그들이 찾아온 무언가를 뮤테아가 조합하면, 그 순간 엑스의 목적이 달성된다.

여기서 모르겠는 건 세 가지다.

엑스는 누구이며, 그의 목적은 무엇이며, 그래서 뮤테아와 오리진들이 찾는 게 어떤 것인지.

아르디엔은 이것이 결코 가볍게 듣고 넘길 만한 것이 아니라고 생각했다.

"루틴은?"

뜬금없는 아르디엔의 물음에 제피아가 고개를 갸웃거렸다.

"갑자기 형은 왜?"

"루틴은 알고 있어? 뮤테아가 사백 년이 지난 후 봉인에서 깨어난 이유, 그녀를 봉인시켰던 사람, 그리고 뮤테아를 제외한 다른 오리진들이 찾는 물건이 무언지. 알고 있어?"

"아… 그래. 형은 아는 눈치였지. 하지만 내게 말해주지 않았지. 한 번은 이런 말도 했었네. 뮤테아의 목적이 이루어지는 날, 마도국의 대업도 이루어질 것이라고."

"마도국의 대업?"

제피아가 무겁게 고개를 끄덕였다.

"그게 뭔데?"

"마도국의 대업이라고 하면… 하나밖에 없잖은가."

제피아는 거기까지 말하고 입을 다물었다.

하지만 아르디엔은 그 대업이라는 것이 무언지 충분히 짐작할 수 있었다.

"…마왕의 재림."

"그걸세."

　　　　　*　　　*　　　*

　마도국 게르갈드의 수도 라타르만.

　그곳의 중심에 자리한 거대한 왕성은 맑은 하늘 아래에서
도 음침하기 그지없었다.

　왕성의 내부에서 두 번째로 크고 화려한 방은 아스크의 것
이었다.

　한데 아스크는 근 몇 달 동안 그 방에 틀어박혀 나올 생각
을 하지 않았다.

　그리고 누구도 안으로 들이지 않았다.

　유일하게 출입이 허락된 사람은 시긴 한 명뿐이었다.

　시긴은 오늘도 버려질 게 분명한 저녁 식사를 가지고 아스
크의 방을 찾았다.

　똑똑.

　노크를 했지만 대답은 들려오지 않았다.

　시긴은 문을 열고 안으로 들어갔다.

　아스크는 침대 위에 몸을 잔뜩 웅크린 채 앉아 있었다.

　"아스크님, 저녁을 가져왔습니다."

　"……"

　"여기 두고 가겠습니다. 한 시간 후에 접시를 찾으러 오겠

습니다."

"……."

아스크는 대답이 없었다.

시긴이 그를 물끄러미 바라봤다.

소매 밖으로 튀어나온 팔은 비쩍 말라 뼈밖에 없었다.

비단 팔뿐만이 아니었다.

옷으로 가려진 몸뚱이 전체가 그랬다.

몇 달 간 물 한 모금도 마시지 않으니 당연한 일이었다.

보통 사람이었다면 벌써 죽었을 것이다.

그나마 아스크가 흑마법사이기에, 그의 심장에 있는 다크 마나가 생명의 기운을 유지해 주고 있었다.

시긴은 천천히 몸을 돌려 문 앞으로 다가가 왼손으로 문손 잡이를 잡았다.

아르디엔에게 오른팔을 잘린 덕에 어쩔 수 없이 왼손잡이 가 된 그였다.

그가 문을 열고 밖으로 나가려 하는 그때,

"시긴."

아스크가 몇 달 만에 처음으로 입을 열어 그를 불렀다.

시긴이 뒤돌아서서 고개를 숙였다.

"네, 왕자님."

"말해줘."

"무엇을 말씀이십니까."

아스크에겐 이미 제피아와 만나고 아르디엔의 손아귀에서 겨우 살아 돌아온 그날, 진실을 모두 일러주었다.

지금의 루틴 국왕은 아스크의 친아버지가 아니며, 국왕의 동생이자 왕좌의 싸움에서 패해 쫓겨난 제피아가 그의 친아버지임을.

그 말을 듣고 나서 아스크는 한동안 미친 사람처럼 사건 사고만 저지르고 지냈다.

이유 없이 왕실의 사람들을 죽이거나, 자신의 몸을 자해하거나, 왕실 밖의 여인들을 강간하는 일은 비일비재했다.

일전에는 마도국의 작은 마을 하나를 통째로 멸망시켜 버렸었다.

그러다 몇 달 전부터는 방 안에 틀어 박혀서 식음을 전폐하고 말문도 닫아버린 채 나오질 않았다.

그런 아스크가 지금 시긴에게 말을 걸었다.

말해달라고.

시긴은 아스크가 알고 싶어 하는 것이 무엇이든 다 말해줄 수 있었다.

모르면 알아와서라도 말해줄 것이다.

시긴이 고개를 살짝 들었다.

아스크의 퀭한 두 눈이 시긴을 주시하고 있었다.

"말해줘."

"무엇이든지 말해 드리겠습니다. 무엇을 듣고 싶으십니까?"

"…이제 내가 어떻게 살아야 하는지."

아스크의 눈에서 눈물이 흘러내렸다.

미간 한 번 찡그리지 않고, 울먹임도 없이 그냥 주르륵 흘러내린 눈물은… 그래서 더욱 슬퍼 보였다.

시긴이 무겁게 고개를 끄덕였다.

"제가 말해 드리겠습니다. 이제부터 왕자님이 어떻게 살아가셔야 하는지, 무엇을 위해 살아가셔야 하는지. 제가 전부 말해 드리겠습니다."

아스크가 눈물을 흘리면서 차갑게 미소 지었다.

"고마워, 시긴."

"제가 해야 할 당연한 일입니다."

"이제 말해봐. 나, 뭐부터 하면 되는 거지?"

시긴이 단호하게 대답했다.

"평소의 아스크님처럼 행동하십시오."

"평소의… 나처럼?"

"그렇습니다. 그게 제일 먼저 아스크님이 하셔야 할 일입니다. 마음이 갈기갈기 찢어져 넝마가 되었더라도 다른 사람들에겐 그 속내를 보여주어선 안 됩니다. 특히… 국왕 폐하에

겐 더더욱 그러합니다. 그분은 무서운 분입니다. 아스크님의
이러한 행동이 오래간다면 분명 알아선 안 될 사실을 알게 되
었다고 짐작할 것입니다."

"알아선 안 될 사실? 하, 하하하."

그 말이 아스크는 웃겼다.

저도 모르게 웃음이 흘러나왔다.

아스크 본인에게는 무엇보다도 큰 사건이고 반드시 알아
야 할 사실이다.

그런데 루틴은 다르게 생각하고 있다.

"나 지금 정말 재미있는데."

"국왕 폐하는 왕자님이 모든 것을 알았다는 걸 눈치채는
순간 분명 손을 쓸 것입니다."

"어떻게? 말해봐, 시긴. 다 대답해 준다고 했지? 거짓 없이
솔직하게 말해봐. 어떻게 손을 쓰는데?"

"…왕자님을 죽이려 할 겁니다."

"하, 하하하. 죽인다고? 날? 그거 정말 재미있는 농담이다,
그렇지?"

"……."

"죽기는… 누가 죽어."

촤촤촤촤촤촤촤촤앙!

아스크의 전신에서 다크 마나가 고슴도치의 가시처럼 뻗

어 나왔다.

그가 앉아 있던 침대와 등을 기대고 있던 벽에 바람구멍 수십 개가 뚫렸다.

"죽지 않아. 어좌는… 내 거야. 큭! 크크크큭! 재미있지, 시긴? 그치? 크하, 크하하하하! 아하하하하하! 재미있어! 이렇게 재미있는 건 처음이라고! 아하하! 아하하하하하학! 크하악! 씨파아아아알!"

콰앙!

광소하던 아스크가 벽을 후려쳤다.

주먹에 얻어맞은 벽면이 통째로 무너지며 복도가 드러났다.

흙먼지 속에서 아스크가 서서히 몸을 일으켰다.

"아스크."

"네."

"새 옷을 가져다 줘."

"알겠습니다."

"아, 그리고, 벽 망가진 거 최대한 빨리 고쳐 놓으라고 해."

"그리하겠습니다."

아스크가… 움직이기 시작했다.

Chapter 12
광검 아티모르

구름 한 점 없는 맑은 날이었다.

하지만 아르디엔의 마음은 그다지 맑지 못했다.

어제 제피아와 나누었던 대화 때문이었다.

'오리진의 목적이 이루어지는 날 마도국의 대업도 성사된다… 라.'

대체 오리진의 목적이 무엇이길래 마왕이 재림하게 된다는 걸까.

마도국의 흑마법사들은 마왕을 섬긴다.

그들은 마계의 마왕과 계약을 맺음으로써 살아 있는 생명

체의 생명력을 흡수함으로써 마력을 증진시켜 나가는 이들이
다.

그렇다 보니 마왕이 현세에 재림하기를 바라는 것은 어찌
보면 당연한 일이다.

지금 마도국 게르갈드는 대륙 공적이다.

해서 마법사들을 가장 많이 보유하고 있는 제법 강한 국가
임에도 불구하고 주변국들의 눈치를 보며 살아가고 있다.

그들이 조금만 이상한 낌새를 보여도 전 대륙의 모든 국가
가 마도국에게 전쟁을 선포할 것이기 때문이다.

하지만 마왕이 재림한다면 이야기는 달라진다.

마왕이라는 존재의 무서움은 오래전부터 전해져 내려오는
신화의 몇 구절만 읽어봐도 충분히 짐작할 수 있다.

마왕은 본래 마계가 아닌 인간들이 살아가는 지상에서 태
어난 존재였다.

그는 전 대륙을 자신의 손아귀에 넣으려 했다.

그래서 전쟁을 일으켰다.

마왕은 자신의 능력으로 인간들을 마족으로 만들고 몬스
터들을 마수로 만들어 마왕군단을 이끌었다.

그런 마왕을 막기 위해 지성을 갖춘 모든 종족이 힘을 합쳤
지만 당해낼 수가 없었다.

그때 세상의 일에 일절 관여를 하지 않던 유일무이한 지상

최강의 생명체 드래곤이 전쟁에 참여했다.

드래곤은 마왕을 상대로 백 일 밤낮을 싸웠고, 겨우 승리를 거머쥐었다.

하지만 마왕을 죽일 수는 없었다.

마왕도 많이 지쳤지만, 드래곤 역시 그 못지않게 지쳐 있었다.

결국 드래곤은 자신의 생명을 희생해 차원의 문을 열어 마왕을 다른 차원으로 보내 버렸다.

영원불멸할 것 같았던 드래곤은 그렇게 대륙에서 사라졌고, 마왕도 사라졌다.

하나 마왕은 쫓겨난 다른 차원에서도 현실에 영향을 끼쳤다.

그만큼 마왕은 무섭고, 강한 존재였다.

마왕의 영향으로 이 대륙에 그를 숭배하는 흑마법사들이 탄생했다.

그들은 마도국을 세웠고, 호시탐탐 마왕을 이그드라엘 대륙으로 강림시킬 기회만 노리고 있다.

'그렇게 돼서는 안 돼. 막아야 한다.'

마왕을 재림시킬 수 있는 열쇠가 오리진들이라면 무슨 수를 써서라도 그들을 막아야 했다.

하지만 오리진에 대한 정보가 너무나 부족했다.

어디서부터 실마리를 잡아 이 문제를 풀어나가야 하는지 고민하던 아르디엔이 크라임을 찾아가기로 했다.

*   *   *

오늘은 향신료점의 문을 열지 않았다.

휴일이기 때문이다.

크라임은 그의 연인 마리엘과 아침부터 공원을 찾아 데이트를 즐겼다.

5월 초의 따스한 날씨는 연인이 밖에서 사랑을 나누기에 안성맞춤이었다.

푸른 초목으로 가득한 공원을 천천히 걷던 두 사람이 벤치를 찾아 앉았다.

마리엘은 크라임의 곁에 딱 달라붙어 어깨에 머리를 기댔다.

"좋다."

"나도 좋아."

둘이 서로를 바라보며 미소 지었다.

그러다 갑자기 불이 붙어 누가 먼저랄 것도 없이 입을 맞췄다.

아침의 공원엔 운동을 위해 찾는 사람이 많았다.

한데 그 사람들의 시선 따윈 아랑곳 않고 대단히 농도 깊은 키스를 나누었다.

어떤 이는 그런 둘을 보며 혀를 찼고, 어떤 이는 낭만적이라 생각했으며, 어떤 이는 차라리 여관을 가라며 비아냥거렸다.

하지만 신경 쓰지 않았다.

뜨거운 사랑의 열병에 빠진 크라임과 마리엘에게는 주변의 어떤 것도 보이지 않고, 들리지 않았다.

한참 동안 키스를 나누던 둘은 겨우 입을 떼고서 사랑스런 눈길을 주고받았다.

그때 그들이 앉은 벤치 뒤편의 숲 속에서 무언가가 갑자기 움직였다.

크라임의 눈빛이 날카로워졌다.

그의 손이 번개처럼 움직였고, 대거 한 자루가 숲 속으로 날아들었다.

푹!

마리엘이 크라임에게 물었다.

"뭐야?"

크라임은 자신의 대도에 맞아 죽은 다람쥐를 보고서 고개를 저었다.

"다람쥐였어."

"아, 그래?"

"응."

오랫동안 어쎄신으로 활동하던 크라임이다.

그렇다 보니 지금처럼 뭔가가 은밀하게 근처를 지나가면 가끔씩 본능적으로 대거를 던지곤 했다.

"난 또 뭐라고. 크라임, 딩신 만사 신경 장난 아니네. 하긴, 그러니까 침대에서 죽여주는 거겠지만."

"당신 역시 침대에서는 장난 아니야. 가끔은 내가 못 당하겠어."

"오늘도 못 당하게 만들어줄까?"

마리엘이 크라임의 얼굴을 쓰다듬으며 뇌쎄적으로 바라봤다.

"좋지."

크라임도 마리엘의 뺨에 손을 얹었다.

그러다 또 불똥이 튀었다.

두 사람은 다시 격렬한 키스를 나누었다.

한데 크라임이 갑자기 입을 떼고서 고개를 저었다.

"이런."

"왜 그래? 방금 거 별로 안 좋았어?"

"아니, 그럴 리가. 마리엘과의 키스는 늘 좋아."

"근데 왜?"

"공원 오겠다고 싸놓았던 샌드위치를 집에 두고 왔어."

"어디에 놔뒀는데?"

"부엌 싱크대 위에."

그 순간 마리엘이 갑자기 사라졌다.

그리고 다시 벤치에 나타난 마리엘의 손엔 종이에 잘 싸놓은 샌드위치 두 개가 들려 있었다.

그녀의 뇌파 능력은 공간 이동으로 샌드위치를 가져온 것이다.

"당신은 역시 내게 꼭 필요한 사람이야."

"샌드위치를 가져다줘서?"

"아니, 키스를 잘해서."

또 두 남녀의 눈에 불똥이 튀었다.

다시 격렬한 키스가 이어졌다.

이미 샌드위치 따위는 안중에도 없었다. 누가 집어가도 모를 상황이었다.

그때 공원을 지나가던 껄렁패 셋이 두 연인에게 다가왔다.

"하아… 아침부터 이게 무슨 광경이야."

"그러게. 밤새 술 처먹고 공원에서 잠드는 바람에 속이 뒤집히는데, 더 뒤집히게 만드네."

"근데 여자는 제법 괜찮은데?"

껄렁패들은 저마다 한마디씩 내뱉으며 벤치 앞에 섰다.

그때까지도 마리엘과 크라임은 키스를 멈추지 않았다.

"와… 이 사람들 완전히 자기만의 세상 속에서 산다."

"어이, 그만 좀 하지?"

"우리 말 안 들려?"

하지만 여전히 키스는 계속되었다.

껄렁패들은 무시당했다는 기분에 정말로 화가 났다.

처음에는 그저 적당히 시비를 걸어 오늘밤 술 사먹을 돈이나 벌어갈 요량이었다.

그런데 이제는 단순히 돈만 뜯어내는 걸론 성에 차지 않을 것 같았다.

셋 다 주먹에는 제법 자신이 있었다.

때문에 파보츠의 건달들 사이에서는 나름 이름을 날렸다.

"셋 센다. 그전에 주둥이 안 떼면 돌이킬 수 없는 상황이 오게 될 거야."

셋 중 가장 덩치가 좋은 녀석이 말했다.

생긴 건 고릴라를 닮았는데 몸에 비해 팔도 길었다.

고릴라가 운을 떼자 옆에 있던 짜리몽땅한 녀석이 카운트를 시작했다.

"하나. 둘. 셋."

셋을 다 셌는데도 크라임과 마리엘은 키스를 멈추지 않았다.

그에 고릴라와 짜리몽땅의 눈치를 살핀 꺽다리가 크라임의 뒷덜미를 잡아챘다.

아니, 그러려 했다.

한데,

턱.

크라임은 순식간에 몸을 돌려 꺽다리의 팔목을 틀어쥐었다.

그리고 힘을 주었다.

우둑.

"악!"

꺽다리의 팔목이 부러졌다.

"이 새끼가!"

짜리몽땅이 자신의 주특기인 박치기를 선사했다.

그의 머리가 크라임의 복부를 노렸다.

한데 갑자기 날아든 무릎이 짜리몽땅의 정수리를 찍었다.

빡!

"억!"

짜리몽땅은 쌍코피를 터뜨리며 뒤로 넘어졌다.

마리엘이 무릎을 탁탁 털며 일어섰다.

"뭐야, 이 똥파리들은."

그녀가 가소롭다는 시선으로 껄렁패들을 흘거봤다.

크라임도 마리엘의 옆에 섰다.

꺽다리와 짜리몽땅이 섣불리 두 사람에게 덤벼들지 못하고 고릴라의 눈치만 살폈다.

고릴라는 뭔가 상대를 잘못 골라도 된통 잘못 골랐다는 생각이 들었지만, 여기서 쪽팔리게 도망칠 순 없었다.

꺽다리와 짜리몽땅은 지금 실질적으로 고릴라를 리더라 생각하며 따랐다.

한데 여기서 없어 보이는 모습을 보여주면 이후에도 계속 얕보이게 될 것이다.

"이야압!"

고릴라가 기합을 지르며 두 주먹을 불끈 말아 쥐었다.

그리고,

빽!

갑자기 다가온 크라임의 주먹에 명치를 얻어맞았다.

"끄허억!"

뒤로 죽 날아가 커다란 나무 기둥에 등을 부딪친 고릴라는 그대로 뻗어 기절했다.

그 광경에 꺽다리와 짜리몽땅이 놀라 입을 쩍 벌렸다.

크라임과 마리엘이 그런 두 사람에게 천천히 다가갔다.

"감히 우리의."

"키스를 방해해?"

두 사람은 남들이 자신들에게 욕을 하든, 삿대질을 하든, 흉을 보든 전혀 신경 쓰지 않았다.

하지만 이렇게 직접적으로 피해를 주는 경우는 처음이었다.

크라임이 껑다리의 뒤로 다가가 팔로 목을 휘감았다.

"헉!"

놀란 껑다리의 등에서 식은땀이 흘렀다.

껑다리의 귀에 대고 크라임이 조용히 말했다.

"누군가 내게 네 목을 의뢰하지 않은 걸 다행으로 알아야 할 거다."

수틀리면 죽여 버릴 수도 있다는 말인가?

껑다리가 완전히 기세에 눌려 파들파들 떨었다.

크라임은 놈의 뒷목을 잡고 들어 올려 기절한 고릴라에게 던졌다.

퍼억!

"크흑!"

껑다리가 고릴라와 부딪히며 신음을 흘렸다.

그걸 본 마리엘이 박수를 쳤다.

"저거 좋겠다."

짜리몽땅이 사색이 되어 고개를 저었다.

"저, 전 별로 안 좋아 보이는데요."

마리엘이 미간을 확 구겼다.

"너한테 선택권 같은 거 없어, 똥파리."

그녀가 허리에 찬 채찍을 휘둘렀다.

휘리릭!

사락!

채찍은 빠르게 날아가 짜리몽땅의 다리를 휘감았다.

그 상태에서 마리엘이 손을 한 번 털자, 채찍이 뱀처럼 고개를 쳐들었다.

짜리몽땅은 하늘을 날아 고릴라와 껑다리가 포개져 있는 곳으로 추락했다.

콰당!

"컥!"

"크엑!"

"쿠헉!"

기절했던 고릴라가 깨어나며 세 놈의 비명이 동시에 터져 나왔다.

마리엘과 크라임은 서늘한 미소를 머금은 얼굴로 그들을 바라보며 말했다.

"당장."

"꺼져."

껄렁패들이 아픈 와중에도 화들짝 놀라 얼른 그곳을 벗어났다.

상황이 정리되자 두 사람은 다시 벤치에 앉았다.

그리고,

"못했던 거 마저 할까?"

"좋지."

또 불이 붙었다.

한데 익숙한 목소리가 그들의 귀에 들려왔다.

"나중에 하지."

아르디엔이었다.

크라임이 웃으며 인사를 건넸다.

"날씨가 좋네요, 후작님."

"하아, 또 훼방꾼이."

마리엘은 한숨을 쉬었다.

그러거나 말거나 아르디엔은 크라임에게 자신이 찾아온 용건을 말했다.

"크라임 부탁할 게 있어."

부탁이라는 말에 크라임의 눈빛이 바뀌었다.

여자한테 빠져 매가리 없던 눈은 사라지고 어쎄신 특유의 착 가라앉은 눈이 자리했다.

"말씀하세요."

"오리진에 대해 알고 있나."

"에덴의 일족을 말씀하시는 겁니까?"

"맞아. 그들에 대해 조사해 줬으면 좋겠어."

"이해가 잘 가지 않습니다만… 그런 걸 조사하려면 저한테 부탁하는 것보다 서적을 뒤적이거나 프리스트들을 찾아가 보시는 게……."

"내가 말하는 건 살아 있는 오리진이야."

"……!"

크라임의 눈이 홉떠졌다.

"살아 있는 오리진이라고 하셨습니까?"

"제피아가 그러더군. 마도국에 있을 때 오리진을 만났다고. 뮤테아라는 여인인데 그녀가 말하길 자신과 같은 오리진이 몇 명 더 있다고 했다는 거야."

"헛소리네."

마리엘이 고개를 저었다.

"에덴이 멸망한 건 사백 년 전의 일인데 오리진이 여태껏 이어져 내려올 리 없잖아. 게다가 뭐? 뮤테아? 그 여자가 했다는 말을 어떻게 다 믿겠어."

"뮤테아가 한 말은 진짜야."

"어떻게 확신해?"

"제피아는 어떠한 주술로 금제를 당해 6서클 이상의 마법을 사용할 수 없는 상태야."

"그건 나도 알아."

"그 금제를 걸어버린 게 뮤테아다. 그녀는 오리진들만 사용할 수 있는 순수한 신성력을 제피아의 심장에 주입했어. 알다시피 마력은 신성력과 상반되는 기운이지. 특히나 흑마법이라면 더더욱. 하지만 프리스트들의 신성력으로는 언데드들은 잡아도 흑마법사들을 상대할 수는 없어. 금제? 가당치도 않은 말이지. 하지만 오리진의 신성력은 8서클 흑마법사였던 제피아의 심장에 들어가는 것으로 마력의 금제를 걸어버렸어. 이 정도면 설명이 됐나?"

그 이야기는 마왕의 강림에 관한 이야기가 끝나고서 제피아에게 들었던 것이다.

마리엘이 가만히 생각하다 입맛을 다셨다.

"그래도 모르겠어. 내가 그 광경을 진짜로 본 것도 아니고. 무엇보다 그런 말을 쉽게 믿는다는 것 자체가 문제잖아. 안 그래, 크라임?"

마리엘이 크라임에게 동의를 구했다.

그러나 크라임은 마리엘과 생각이 달랐다.

"제피아가 괜히 실없는 소리나 하고 다닐 사람은 아니야."

"크라임!"

"알겠습니다. 제 능력으로 찾아낼 수 있을지 모르겠지만 최선을 다해보겠습니다. 혹시 오리진을 알아볼 수 있는 특별

한 특징 같은 것이 있습니까?"

"나도 오리진을 만나보지 않아서 설명할 순 없어. 하지만 제피아의 말을 들어보면 오리진은 접하게 되는 순간 일반인과 다른 묘한 기운이 느껴지는 모양이야."

"묘한 기운이란 구체적으로 어떤 기운입니까?"

"제피아는 그것을 정화의 기운이라고 표현했었어. 그리고 오리진들은 지금 무언가를 찾기 위해 전국을 떠도는 중이라더군."

"알겠습니다. 백 퍼센트 찾아오겠다고 장담은 드릴 수 없습니다. 하지만 제가 알고 있는 도둑 길드의 인원들을 모두 움직여서라도 정보를 수집해 보겠습니다."

"부탁할게."

크라임이 마리엘에게 양해를 구했다.

"미안해, 마리엘. 잠시 갔다 와야 할 것 같아."

"잔뜩 달아오르게 해놓고 너무 무책임하잖아."

"돌아오면 밀린 것 한 번에 갚아줄 테니까, 기다려."

"기대할게."

크라임이 씩 웃었다.

동시에 그의 모습이 사라졌다.

벤치에 홀로 남은 마리엘이 야속한 시선을 아르디엔에게 던졌다.

Chapter 13
오리진

아르덴엔 전기

크라임이 떠난 지 일주일이 지났다.

아직까지 그는 돌아오지 않았고 이렇다 할 소식도 따로 전하지 않았다.

당연한 일이었다.

오리진에 대한 정보가 너무 적었다.

그런 상태에서 오리진을 찾겠다고 나섰으니 벌써 소식을 전해온다면 그게 더 이상했을 것이다.

그래서 아르디엔의 일상은 다른 날과 크게 다를 것이 없었다.

아, 한 가지 있었다.

"너 때문이야."

마리엘이 아침마다 아르디엔을 찾아왔다.

지금도 그녀는 집무실의 소파에 앉아 서류를 훑는 아르디엔을 노려보고 있었다.

"네가 그 말도 안 되는 오리진 어쩌고 하는 바람에 크라임이 나가서 돌아올 생각도 안 하잖아. 내 달콤한 밤이 칙칙하게 변했어. 맛있던 밥이 맛없어졌어. 행복한 꿈만 꿨는데 우울한 꿈만 꾼다고, 이 사태를 어쩔 거야!"

마리엘은 지금처럼 히스테리를 부리다가 점심나절이 되어서야 돌아가곤 했다.

하지만 아르디엔은 그녀의 히스테리를 깔끔하게 무시했다.

오늘도 점심 때까지만 무시하면 알아서 돌아가겠지, 생각하고 있는데 갑자기 집무실의 문이 벌컥 열리며 마렉이 들어섰다.

"후작 나으리!"

마리엘에게는 눈길도 주지 않던 아르디엔이 마렉을 바라보았다.

그러자 마리엘이 버럭 소리쳤다.

"난 계속 무시하더니!"

아르디엔은 또 그녀를 무시했다.

"무슨 일이야, 마렉."

"지금 빨리 이르베스로 와보셔야 할 것 같수!"

"왜?"

"그러니까 그… 뭐냐, 마을 공터에 없던 게 불쑥! 하고 솟아났는데 말요. 좀 이상한 인간 하나가 마을에 들어와서는 다짜고짜 여기에 사라진 신전이 있다느니 뭐라느니 정신 나간 소리를 해대다가 그 인간 목걸이에서 빛이 확 하고 일더니 없던 게 불쑥! 하고 솟아났는데 말이요. 응? 이건 아까 했던 얘긴데. 아무튼 같이 가야겠수!"

마렉은 너무 놀라 해야 할 말을 제대로 정리도 못한 채 마구 내뱉고 있었다.

그의 말만 들어서는 도저히 상황 파악이 안 될 것 같았다.

"그러지."

아르디엔이 몸을 일으켰다.

그러자 마리엘이 다가왔다.

"나도 갈래."

"가서 뭐하려고?"

"히스테리 덜 부렸어."

"이왕 같이 갈 거면 공간 이동으로 움직이는 게 어떻겠어?"

"…얄미워 죽겠지만 어쩔 수 없지."

마리엘이 마렉과 아르디엔의 손을 잡았다.

그리고 세 사람은 집무실에서 사라졌다.

$$* \qquad * \qquad *$$

이르베스의 광장에는 전에 없던 기이한 신전이 자리해 있었다.

마렉이 계속 불쑥 솟아났다고 하는 게 바로 이 신전이었다.

아르디엔과 마렉, 마리엘은 신전을 둘러싼 인파를 헤치고 가까이 다가갔다.

그러자 입구를 살피던 테사르가 인사를 건넸다.

"오셨습니까, 하멜 후작님."

"이 신전은 어찌 된 겁니까?"

"모르겠습니다. 마렉의 말로는 새벽녘에 기이한 기운을 풍기는 사람이 광장에 돌연 나타나더니 그가 걸고 있는 목걸이에서 빛이 쏘아져 나와 땅을 비추는 순간 이 신전이 솟구쳤다고 합니다."

"와, 그 말을 알아들었어? 대단하네, 아저씨."

마리엘이 테사르를 띄워주면서 은근히 마렉을 비꼬았다.

하지만 마렉은 못 알아들었다.

단순해서 참 편하겠다는 생각이 드는 마리엘이었다.

신전을 가만히 살피던 아르디엔은 전생의 이르베스가 떠올랐다.

아니, 전생에서 이 땅의 이름은 줄곧 가쉬나르였다.

원래 가쉬나르를 죽음의 땅으로 바꾼 아티팩트 타나토스를 제거하는 건 디스토였다.

그런데 현생에선 아르디엔이 타나토스를 제거했고, 대지의 요정 이르베스의 도움을 받아 가쉬나르를 풍요의 땅으로 탈바꿈시킨 뒤 이름도 바꿔 버렸다.

어찌 되었든 전생 가쉬나르와 현생의 이르베스가 다른 건 이름 하나밖에 없다고 생각했다.

가쉬나르도 이름만 바뀌지 않았을 뿐, 풍요의 땅으로 변모하긴 했었으니까.

전생의 디스토는 가쉬나르가 풍요로워졌는데도 크게 가꾸지 않고 방목했다.

결국 가쉬나르엔 유목민들이 정착을 해 마을을 키워 나가게 되었다.

거기까지는 아르디엔이 전생에서 직접 눈으로 본 것이 아니라 귀로 들은 이야기였다.

그가 가쉬나를 직접 가서 보게 된 건 딱 한 번이었다.

전쟁이 일기 반년 전, 라우덴에서 그라함 왕국의 구석구석을 모두 둘러보고 오라는 임무를 내렸기 때문이었다.

전쟁이 났을 때 지도에만 의지했다가는 자연의 힘으로 변해 버린 지형 때문에 낭패를 당하기도 하기에 미리 각 지역의 지형을 머릿속에 담아두는 것이 중요했다.

아무튼 당시 들렀던 가쉬나르에도 지금 아르디엔이 보는 것과 똑같은 신전이 사리해 있었다.

온통 대리석으로 지어진 신전은 세월의 풍파가 그대로 묻어 있음에도 견고해 보였다.

신전의 입구에 세워진 두 개의 기둥은 무척이나 굵었다.

그에 반해 기둥 사이로 뚫린 입구는 성인 어른 한 명이 겨우 지나갈 수 있을 만큼 좁았다.

아르디엔은 신전 안으로 들어가 보기로 했다.

그가 걸음을 옮기자 테사르가 옆으로 물러나 길을 터주었다.

아르디엔의 뒤로 마리엘과 마렉이 따라붙었다.

셋은 신전의 입구를 한 명씩 통과해 들어갔다.

입구 너머에는 넓은 홀이 존재했다.

내부도 온통 대리석이었다.

홀의 사이사이엔 밖에서 본 것과 똑같은 굵기의 기둥이 불규칙적으로 세워져 있었다.

그리고 맑은 기운이 고루 퍼져 있었다.

한참 신전의 이곳저곳을 둘러보던 마렉이 한마디를 툭 던졌다.

"여기 어째 악테르사님을 모시는 신전하고 비슷하게 생겼는데."

아르디엔은 신전에 대해서는 잘 모른다.

종교에 큰 관심이 없었기에 신전에 발걸음을 안 한 탓이다.

마리엘도 마찬가지였다.

하지만 마렉은 의외로 악테르사 신을 믿었고 신전에도 자주 들락거렸었다.

때문에 이르베스 광장에 갑자기 솟구친 신전의 내부가 악테르사 신전과 비슷하다는 것을 알 수 있었다.

세 사람은 홀을 구석구석 살피다가 중앙의 제단 뒤편에 지하로 내려가는 계단이 있는 것을 발견했다.

"여기로 내려가면 뭐가 나오는 거야?"

마렉이 물었지만 대답은 누구한테서도 돌아오지 않았다.

다들 신전에 처음 들어온 입장이니 밑에 뭐가 있는지 모르는 건 마찬가지였다.

"내려가 보자."

아르디엔이 앞장서서 계단을 밟아 내려가려 했다.

그런데 누군가가 지하에서 올라오고 있었다.

발소리가 들린 것이다.

발자국 소리는 점점 더 커졌다.

이윽고 한 사람이 홀에 모습을 드러냈다.

적당한 키에 평범한 외모를 가진 약관의 사내였다.

외모만큼이나 걸치고 있는 옷도 평범했고, 갈색 머리카락과 갈색 눈동자도 지극히 평범해 보였다.

하지만 그에게서 풍겨지는 기운은 결코 평범하지 않았다.

아르디엔은 그 기운에 대한 이야기를 얼마 전 제피아에게서 들었었다.

'정화가 되는 듯한 기운.'

사내에게선 바로 그런 기운이 느껴졌다.

그는 아르디엔 일행을 둘러보고 머리를 긁적였다.

"죄송하지만 좀 비켜주시겠습니까? 세 분이서 앞을 막고 있으니 나갈 수가 없네요."

"아, 그래."

마렉이 저도 모르게 옆으로 비켜섰다.

마리엘도 대답은 안 했지만 마렉처럼 길을 터주었다.

제 자리를 지키고 있는 건 아르디엔밖에 없었다.

한데 사실 아르디엔도 무심코 물러날 뻔했다.

마렉과 마리엘은 자신들이 한 행동을 뒤늦게 알아채고서 미간을 구겼다.

"아 진짜 짜증나네. 그래! 아까 광장에 와서 신전으로 들어

갈 때도 이런 식이었어. 내가 왜 막지 않고 비켜준 거야? 이해
가 안 되네."

"나도 지금 내가 이해되지 않는걸?"

마렉과 마리엘은 스스로의 행동에 의문이 들었다.

눈앞의 사내는 너무나 편안해서 자기도 모르게 그의 말을
듣게끔 만들어 버린다.

사내가 아르디엔과 눈을 마주치며 다시 한 번 정중히 부탁
했다.

"비켜주시겠어요?"

아르디엔은 사내의 기운에 현혹당하지 않도록 정신을 집
중했다. 그리고 물었다.

"지하에서 뭘 찾았지?"

"그게 왜 궁금하시죠?"

"네가 오리진이니까."

"제가 오리진이라구요?"

"아닌가?"

사내가 빙그레 미소 지었다.

"맞습니다. 들켜 버렸네요."

『아르디엔 전기』6권에 계속…

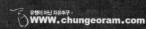

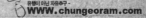

이민섭 新무협 판타지 소설

죽지 못하는 자는 살지 못하는 것과 같다.
그래서 그는 스스로를 무생(無生)이라 부른다.

은퇴한 기인들의 마을, 득도촌
그곳에서 가장 기이한 자는…
은거기인들마저 놀라게 하는 한 명의 청년

"그 무엇도 궁금해하지 말 것!"

부엌칼로 태산을 가르고,
곡괭이질로 산을 뚫는 자, 무생!

흘러 들어온 남궁가의 인연으로,
죽지 못해서 살아온 그가
이제 죽기 위해 무림으로 나선다.

살지 못한 자가 비로소 살게 되었을 때
천하가 오롯이 그의 것이 되리라!

Book Publishing CHUNGEORAM

유행이아닌 자유추구—
WWW.chungeoram.com

FUSION FANTASTIC STORY
천성민 장편 소설
짐승의 규칙
『무결도왕』 『다크로드 블리츠』
천성민 작가의 신간!
『짐승의 규칙』
살아야만 했다.
나를 위해 희생당한 부모님을 위해.
복수를 위해.
죽여야만 했다.
내가 살기 위해 타인의 목숨을.
그렇게……
나는 짐승이 되었다.
Book Publishing CHUNGEORAM
유행이 아닌 자유추구 -
WWW.chungeoram.com

FANTASY FRONTIER SPIRIT

이충민 판타지 장편 소설

Mighty Warrior
영웅병사

복수를 다짐한 소년 병사.
붉은 제국을 향해 깃발을 세운다.

『영웅병사』

평온한 유년 시절을 보내던 비첼.
어느 날, 붉은 제국의 깃발 아래에 사랑하는 가족을 빼앗기고 만다.

"도끼… 도끼라면 다룰 줄 압니다."

병사가 되고자 참가한 전쟁에서 소년은 점점 영웅이 되어 간다!

쓰러져가는 아버지의 등을 억하며,
아직 어린 소년으로서 도끼를 들고 붉은 제국과 싸우 위해 일어선다.

제국과의 전쟁에 스스로 뛰어든 소년,
병사, 비첼 악센트
이것이 영웅 탄생의 시작이다!

Book Publishing CHUNGEORAM

유행이아닌 자유추구
WWW.chungeoram.com